織田弾正忠家 つやの物語

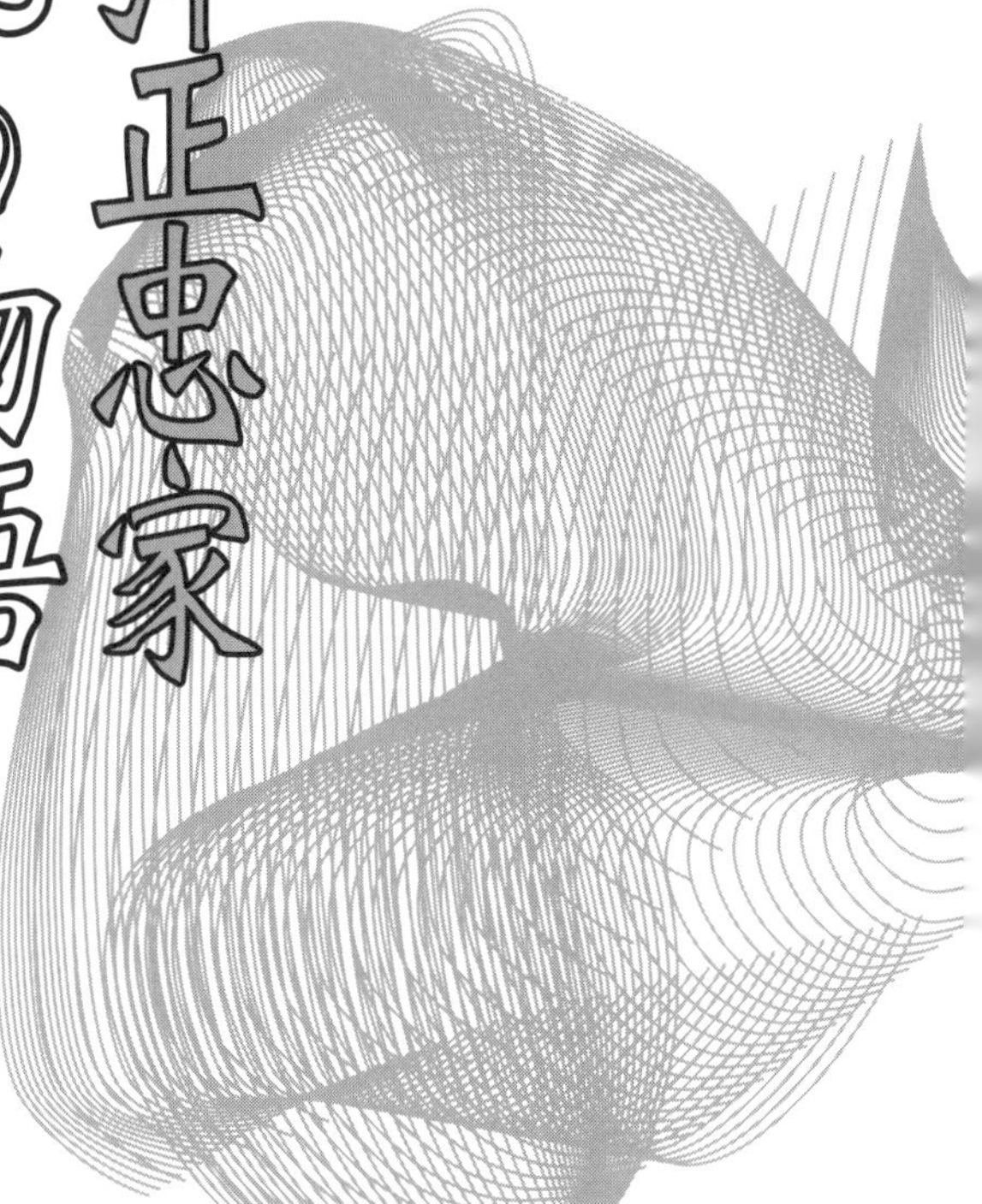

広瀬典文
HIROSE Michitake

文芸社

目次

序章　13
一、平手政秀　16
二、小見の方　21
三、青山与左衛門　28
四、三郎信長　37
五、山城入道と信長　44
六、土岐頼芸《よりのり》　51
七、豊田丸（斎藤義龍）　57
八、斎藤道三山城入道　64
九、遠山景前《かげさき》　72
十、日根野弘就　79

十一、　帰蝶　89
十二、　長井忠左衛門道勝　98
十三、　今川義元　105
十四、　長井隼人佐道利　112
十五、　織田信清と斎藤新五郎利治　121
十六、　斎藤龍興　128
十七、　明智十兵衛光秀　133
十八、　遠山景任　141
十九、　武田晴信　147
二十、　秋山虎繁　154
二十一、　入法界品　159
あとがき　169

↑越前朝倉
飛騨美濃街道
↑飛騨三木
→甲斐・信濃武田
越前美濃街道
至越前
至越前
至飛騨
郡上郡
恵那郡
苗木城
←江北浅井
青波
濃中
八幡城
大桑城
保津川
岐礼
北野城
上有知
加治田城
飛騨川
濃西
揖斐川
城田寺城
下有知
白樫城
揖斐山城
鷺山城
鶴山
崇福寺
安桜山城
堂洞城
木曽川
東山道
大川
鳥峰城
葉栗郡蓮台
真桑
稲葉山城
東山道
濃東
恵那山
本田城
瑞龍寺
内田
長山城
久々利城
別府城
日置江
境川
犬山城
大柿城
表佐
牧田
大浦東蔵坊
岩村城
墨俣城
牧田川
小折
小牧城
尾張川
多芸郡
山田郡
明智城
←江南六角
岩倉城
尾張
石津郡
正徳寺
比良城
庄内川
屋長島城
清洲城
守山城
志賀城
中江城
津島
萱津
那古野城
八風越え
桑名
蟹江城
末盛城
古渡城
境川
長島城
熱田
鳴海城
矢作川
足助
千種越え
大高城
中島砦
沓掛城
→駿河今川
桶狭間
寺本城
知多
三河松平
村木
鈴鹿越え
伊勢
重原城
緒川城
岡崎城
大野城
安城城
常滑
東海道
神戸城
長野城
安濃津
遠江橋本
大河内城
大湊

織田弾正忠家つや系図

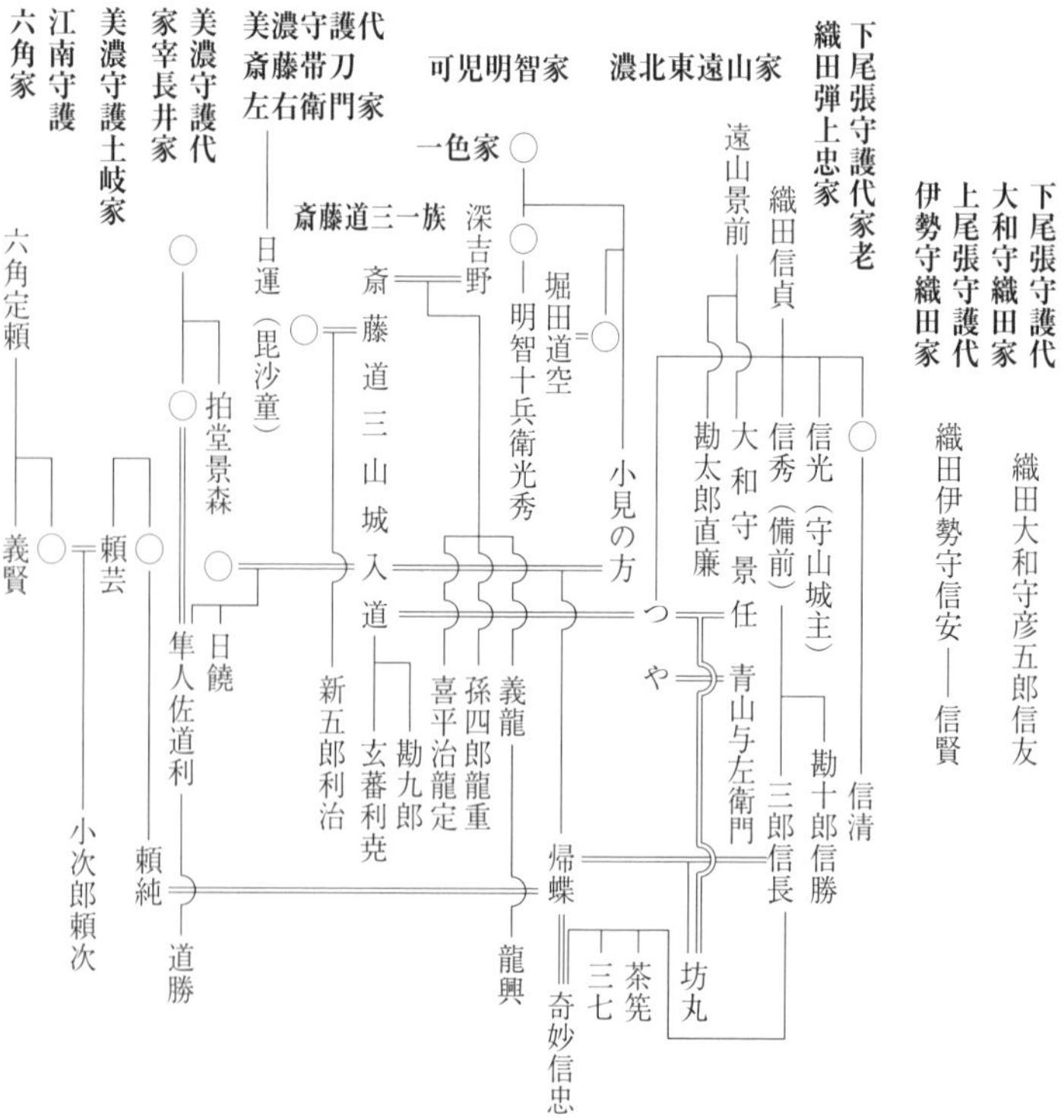

下尾張守護代
大和守織田家
上尾張守護代
伊勢守織田家
織田大和守彦五郎信友
織田伊勢守信安
信賢
下尾張守護代家老
織田弾上忠家
濃北東遠山家
可児明智家
美濃守護代
斎藤帯刀
左右衛門家
美濃守護代
家宰長井家
美濃守護土岐家
江南守護
六角家
遠山景前
織田信貞
勘太郎直廉
大和守景任
信秀（備前）
信光（守山城主）
信清
勘十郎信勝
三郎信長
青山与左衛門
つや
坊丸
一色家
斎藤道三一族
深吉野
明智十兵衛光秀
堀田道空
小見の方
帰蝶
奇妙信忠
茶筅
三七
斎藤道三山城入道
義龍
龍興
孫四郎龍重
喜平治龍定
玄蕃利尭
勘九郎
新五郎利治
日運（毘沙童）
拍堂景森
日饒
隼人佐道利
道勝
六角定頼
義賢
頼芸
頼純
小次郎頼次

主な登場人物

織田弾正忠家つや
織田信貞の娘で信秀の妹。信長の叔母にして姑。青山与左衛門妻。斎藤道三山城入道・遠山景任正室。秋山虎繁愛人。

織田弾正忠三郎信長
上総介・宰相。織田信秀嫡男でつやの甥。

織田弾正忠信秀
備前守。織田信貞嫡男で信長の父。つやの兄。

斎藤道三山城入道
美濃主。つやの二人目の夫。長井道利・日饒・斎藤義龍・帰蝶の父。
斎藤竜興の祖父

帰蝶
織田信長正室。鷺山殿。斎藤山城入道・小見の方の娘で坊丸の母。信長嫡男信忠の義母。

平手中務丞政秀
上尾張滋賀城城主。弾正忠家家老で信長付きに。

青山与左衛門
信長付きで、つやの最初の夫。尾張川で溺死。

堀田道空
津島衆。津島美濃館主。小見の方妹の夫。帰蝶の義叔父。

小見の方
可児明智家の姫。斎藤山城入道二人目の正室。帰蝶の母。

斎藤（一色）新九郎義龍
豊田丸。斎藤山城入道嫡男。

土岐頼芸
美濃守護。土岐頼次の父で頼純の叔父。深吉野の前夫。

深吉野　一色宗家の姫。土岐頼芸側室。斎藤山城入道前正室。斎藤義龍の母。
日饒　京妙覚寺貫主。斎藤山城入道次男。
織田弾正忠信貞　織田信秀、つやの父。
織田信光　織田信秀の弟。つやの兄。尾張守山城主。
織田勘十郎信勝　織田信秀次男で信長の弟。
今川義元　駿河・三河守護。桶狭間の戦で討死。
織田大和守彦五郎信友　清州下尾張守護代。信長の清州城攻めにより自害。
織田伊勢守信安　岩倉上尾張守護代。
織田伊勢守信賢　伊勢守信安嫡子。岩倉上尾張守護代。
安藤守就　濃西国人衆の重鎮
土岐頼純　土岐頼芸の甥。土岐頼芸後の美濃守護。帰蝶の前夫。
土岐小次郎頼次　土岐頼芸の嫡男。
六角（佐々木）義賢　六角定頼の嫡男。江南守護。斎藤山城入道に敵対。
六角（佐々木）定頼　六角義賢の父。江南守護。斎藤山城入道と同盟。

斎藤孫四郎龍重
斎藤山城入道四男で深吉野の子。一色左京亮で任官。兄義龍によって殺害。

斎藤喜平治龍定
斎藤山城入道五男で深吉野の子。一色右近衛大輔で任官。義龍によって殺害。

長井隼人佐道利
斎藤山城入道長男で前妻の子。濃中安桜山、濃東兼山烏峰城主。

武田晴信（信玄）
甲斐・信濃守護。

快川紹喜
美濃土岐氏出自、妙心寺東海派の僧侶。甲斐恵林寺・美濃崇福寺主。

遠山景前
濃東遠山盟主。岩村城主。

日根野弘就
濃南本田城主。義龍奉行。和泉国日根郡出自。六角定頼紹介で美濃で仕官。

持是院妙春斎藤正義
近衛惣領家庶子。六角定頼紹介で美濃で仕官し、斎藤持是院家を相続。

斎藤新五郎利治
斎藤山城入道七男。濃東瀬田氏の子。信長麾下で濃東攻め、堂洞。加治田城主。

森三左衛門可成
尾張葉栗郡蓮台城主。初め斎藤山城入道麾下で、後に信長傘下。

日運
常在寺寺主。斎藤山城入道法兄。元美濃守護代。斎藤帯刀左衛門毘沙童。

斎藤玄蕃利尭
斎藤山城入道五男。新五郎利治麾下。濃東加治田城代。

長井忠左衛門道勝
長井隼人佐道利長子。斎藤山城入道の孫。

遠山大和守景任
遠山景前の嫡子。岩村城主。つやの夫。

織田信清
信長の従兄弟。妻は信長姉。犬山城主。

浅井備前上長政
江北小谷城主。妻は信長妹。

秋山虎繁
甲斐武田晴信・勝頼臣下。伊那群代、濃東遠山岩村城代。つやの愛人。

明智十兵衛光秀
濃東可児明智氏嫡男。帰蝶の従兄弟。斎藤山城入道・足利義昭・信長と仕える。

武田勝頼
甲斐・信濃守護。晴信四男。

織田奇妙信忠
信長嫡男。帰蝶養子。岐阜城主。

坊丸
信長四男。帰蝶の子。遠山景任・つやの養嫡子。

織田弾正忠家つやの物語

序章

これは夢などではない。夢ならば童の頃よく見たつやのそれは、たとえ死をもたらすような忌まわしい悪夢であっても、度重なる危機の一つ一つは、あてどもない変転の末に、いつの間にか、免れていったものだった。思いも寄らぬ未知のものが夢に現れて、死に追い詰められたとしても、とどのつまり、悪夢はきっと払われるのだ。

されど、大人になってから現実に訪れる出来事は、ほとんどいつでもつやの知らない向こう側から突然やって来て、訳も分からず襲いかかり、心休める間もなくつやを打ちのめし傷めつける。間違いなくこの世界はつやからは遠い場所で作り上げられていた。自分は今いずことも知れず、ままならぬ未知の場所で道に迷い永く彷徨《さまよ》った末に、万策つきた孤独の果て、誰の助けも得られぬままに、ただただ途方に暮れて一人暗がりの底に沈み込み、立ち尽くしているばかりなのだ。そう考えながらも、心のどこかで、自分を殺害するだろう甥信長もやがて近い将来自分と同様の心境を迎えるに違いないなどと、らちもない妄想が忙しなく頭を過《よぎ》って、つやの気持ちを現前するものから遠く離れた虚ろな地に追いやるのだった。

けれども、これはやはり夢などではない。つやは今、大川支流井口川沿いの川浜の暗い納屋のようなところに閉じこめられていた。北側には一つだけ小さな窓が開いていて、そこから入る明かりが部屋の暗がりに靄《もや》いだ明暗を作りだし、日時の流れを教えてくれる。窓向こうの川の南北には橋がかかり、周辺は人だかりも多いので、忙しく働く大声はつやのところにも届いてくる。確かに、窓の外には忙しげな日常の匂いが溢れていた。

信長の過酷さを百も承知しているつやは、己の余命が幾ばくもないことを、十分に分かっている。命乞いしようとも思わないし、織田弾正忠家への恨みつらみも最早遠い昔のことだ。つやの人生は弾正忠家と共にあり、その家のために命ぜられた役割を果たすことだけが、つやの生きる全てだったと言ってよかった。つやは永らくその運命にあらがおうとは、少しも考えずに生きてきた。兄信秀の継ぐ、弾正忠《だんじょうのじょう》家の隆盛をひたすら願い、自分が、それに尽力出来ると思えた時は嬉しかった。時に信長の行動に不安を感じることがあっても、黙って従ってきたのだ。

確かにある時を境にして、弾正忠家に支配されその場凌ぎで生きている自分が、いたたまれぬほど哀れに感じたこともあるにはあった。それでもつやは、なんとか家を支えようと思い詰め、自分の器には大き過ぎると思う数々の決断もしてきた。この度、つやが咎められることとなった一連の出来事も、一見弾正忠家に敵対する判断であったとはいえ、畢《ひっ》竟《きょう》、弾正忠家の存続を願えばこそのことだったはずだ。

犯した過ちが綾に絡んで、自分をここまで追い詰めたのだろうか。信長のような、わがまま三昧、他者を苛烈に傷めつけ、殺してきた者には、つやの心は分かるまいが、信長などに、つやの不埒を責められる謂れがあるのだろうか。やましくはないが、つやは敗北した我が身が悔しく、恥じてもいる。

つやが必死で守ろうとした、若い命が喪われてしまうのは、最早避けられまい。弾正忠家のためにも、今は早く、信長が死んでしまえばいいとさえ、願う己に驚きはしても、自分が、弾正忠家そのものを裏切ったとは、到底考えられないのだった。

一、平手政秀

それは今から二十五年ほど前のことだ。つやは信長と美濃主の娘帰蝶との婚姻の際、引き替えとして二十六歳の時、美濃に輿入れした。嫁いだとは名ばかりの人質の身だと当初は本当にそう考えていた。相手は、一代で美濃主にのし上がった、斎藤山城入道なる男だ。つやも初婚ではない。

直前の秋には、尾張と美濃に戦があった。信長の父信秀は、尾張勢を率いて美濃に攻め込み、初めは勢い良く美濃中原の町々を焼き払って、稲葉山という山の、頂にある城に篭城する敵を一気に叩こうと、無謀にも山裾を這い上がるという策に出たが、痩せ尾根には満を持した伏兵があって、中腹にさしかかったところで、突然現れた美濃勢に襲われ、たちまち総崩れとなった。

逃げ惑う将兵が、国境を流れる尾張川までたどり着くと、今度は、待ち受ける上尾張衆になぎ倒された。折からの冷たい雨も手伝い、溺死する兵も数知れず、二千を超える兵を失った。尾張川には累々たる屍が溢れ、その中にはつやの夫もいたのである。

その後も信秀は、美濃に盗賊紛いの戦いを仕掛けたが、山城入道の巧みな策に再び嵌まって、まんまと退散させられる羽目に陥った。尾張での声望を失った末に、戦疲れで財も失い、造ったばかりの古渡の城も、下尾張守護代清洲勢に火をつけられた後には、早々にそれもうち捨てて、末盛山の小山城に篭ってしまう。

守山・三河に迫る今川勢に相対するとの名目も、内実は見せかけ倒れで、とうにやる気は失せていたのだろう。あれほど東の三河、北の美濃と、欲しいまま、戦に駆けずり回った信秀に、なんと気の病が出たのだ。気ぐされで、朝起きるのもままならぬというのが本当のところだった。

信秀がもう立ち直れんと思われたちょうどその時分の早朝、しばらく顔を合わせなかった弾正忠家の家老平手政秀殿が、つやの元を訪ねてきた。つやの夫は、平手殿と共に、元服前からの三郎信長付きであったから、つやと平手殿も、かねてより、親しく言葉を交わす昵懇《じっこん》の間柄だ。洒脱《しゃだつ》を気取っているが、根は実直な男である。

「恐れながら、美濃主、斎藤山城入道殿への、お輿入れの話で参じました」

額には時ならぬ汗が浮かび、丁重な言葉の裏には、隠し切れぬ差し迫った物腰が透けて見える。

「織田弾正忠も落ち目と聞き及びますが、美濃主に人質を差し出すとのお話でしょうか」

「そうではござりません。美濃からは、入道殿のご息女、鷺山殿が、三郎様に嫁ぐ手筈でござる」

「まさか、知略に勝る美濃主が、弾正忠殿の病を知らぬわけもなし。わざわざ落ちぶれた弾正忠に娘を差し出さずとも、上尾張守護代岩倉と組んで、清洲ともども滅ぼす算段を巡らすが得策ではござりませんのか」

「入道殿は、尾張の手強さを重々ご存じ。縦《よ》しんば上尾張守護代家が美濃に服すとも、尾張全土を、美濃が牛耳るが上策とのお考えはござりません。津島湊を押さえる弾正忠家の代替わりに絡み、三郎殿を、自分の一族に加えるというのが、山城入道殿の策謀です」

平手殿は、尾張美濃の戦の後、足繁く津島の美濃館に出入りされ、やがてはその館主、堀田道空殿をしるべと頼み、美濃の山城入道殿の館にも、目通り叶うまでになったというのだ。道空殿は、弾正忠家を美濃に服させんと謀る、津島衆の張本人なのだろう。鷺山殿の三郎信長への輿入れを、平手殿に入れ智恵したのも、他ならぬ道空殿であった。

三郎信長は、童の時分から足繁く津島に出入りし、牛頭天王祭の折には、津島にある美濃館、つまりは敵方堀田道空の屋敷に、寝泊まりするような向こう見ずもあえてした。道空は三郎が気に入って、ことあるごとに、信長を家来にすべく入道に奨めていたという。平手殿も入道と会い、好誼を交わすにつれて、入道とうまが合うのが分かってきた。その頃には、織田弾正忠家中でも、信秀への離反が相次いでいて、平手一人が、弾正忠家を支えていたようなものだった。

平手殿は入道より少し年かさとは言え、尾張半国の国主ですらない弾正忠家の、そのまた家老職の一人に過ぎない。それでも津島との関係も深く、和歌・連歌にも通じる。数寄の座敷を造る都ぶりでも知られていた。清洲にも程近い志賀の地の城主。それなりの富も力も持っている。その平手が、三郎信長の守り役であるからには、入道が平手と手を組めば、弾正忠家を家ごと貰ったと考えるのも道理だ。道空殿の目当てはそこにこそあったろう。鷺山殿の三郎信長への輿入れは、津島衆と平手殿の手を借りた、入道による、織田弾正忠家乗っ取りの謀り事と言ってよかったのである。

しかし、平手によると、つやの輿入れも、単なる人質の引き替えではない。山城入道の申し入れによれば、入道殿の奥方は、不治の病で明日をも知れぬ身であるらしい。仮にその方亡き後は、つやを正妻に迎え入れようと言うのだ。

「山城入道殿の奥方は、土岐一門中の名門、可児長山領主明智家の姫君。実は道空殿のご内方もその妹御で、道空殿は山城入道の義弟、鷺山殿にとっても義叔父御に当たる方というわけです。桔梗《ききょう》一揆で知られる土岐家の中でも、明智家の結束はさらに固い。その中に、山城入道殿は、津島衆の道空ともども仲間入りされたわけでござるが、それはかりではござらん。入道の惣領新九郎殿は、山城入道殿のお子とされていますが、実は山城入道殿によって一度は美濃を追われた、前美濃守護、土岐頼芸公のご子息。その母は頼芸公の愛妾深吉野殿。深吉野殿は腹に子を宿して、山城入道殿に嫁がれたと聞き及びます。その深吉野殿はすでに病没されましたが、京を追われた足利名門一色宗家の姫にござる。つまり、新九郎殿は山城入道殿の継ぐ斎藤も名乗れるが、土岐惣領家も継げる。没落した一色再興を謀るも良し。貴種を尊ぶ人々には、打ってつけの生まれを持つわけです。新九郎殿には、永年美濃と敵対してきた、江北浅井の姫も嫁入りされた。閨閥作り一つとっても、入道殿は並大抵の者ではございません。それどころか、法華宗本山の一つ、京妙覚寺の現貫首の日饒殿というお方が、なんと山城入道殿のご子息と聞けば、最早驚きを通り越して、絶句するのみです」

「それが悉《ことごと》く事実なれば、確かにただ者とは申されませぬな。入道の奥方達が、謀ったように病没されるのも、何やら恐ろしげに思われて参りまする。されど、そうした山城入道殿の身の上は、いったいどなたから聞き及ばれたのか。まさか当人や側近、堀田道空殿の言を、真に受けておられるのではありますまいな」

「気位の高い美濃土岐の流れなど、未だに入道殿を、成り上がりと見下す者もあるというに、山城入道殿は、自分の係累については、一切何も話されません。道空殿のご内方のことも含めて、話の全ては間諜の報せにございます」

平手の語る山城入道は、噂通りの、なかなかの策謀家と見える。その企みは謀り知れないものの、織田弾正忠家存続のために、つやは平手の申し出を受ける覚悟を決めたのだった。

二、小見の方

天文十八年二月、山城入道の娘帰蝶殿が、信長の住む那古野城に入輿すると、時を同じくして、つやも隣国美濃に送られたのである。

道行く初春の原は、見渡す限りの木々や草が芽吹き、渡る風にも春の香りが溢れていた。久しく味わうことのなかった湧き立つような高揚感がつやの心を満たしている。つやは生まれて初めて尾張を離れ、川を渡ったのだ。

尾張川は美濃中原から南下して尾張と美濃を東西に分け、津島の西の海に注ぐ。日置江《ひきえ》から東に分流する境川が、また尾張・美濃を南北に分けている。尾東に流れる別の境川以東が三河で、尾張は、まばらでなだらかな山や沼地を、網目のように流れ下る川筋が海に面する、偏狭な地である。しかも北は美濃、東は三河からの蚕食を受けている。尾張に比べ、美濃は広大で変化に富んでいる。

美濃中原は、今までのつやの住まいから、実はそれほど遠くはなく、船を使い、境川から尾張川を経て北上すれば一時、歩きでも美濃街道と呼ばれる平坦な道を、北に半日も歩けば行き着く。だがその景色は、なだらかで山の少ない尾張とはよほど異なっていた。

東に迫るごつごつとした大きな岩肌の、小高い稲葉山。山は急峻で切り立っていて、道は狭い。北側絶壁の下には、尾張川につながる、流れも速い上に深く水を湛えた大河が流れていて、川の北側から山に登るのは困難を極める。山の頂にある二層の城からは、北は御岳・白山をはじめ、木曽・飛驒の山々を望み、南は尾張津島の湊、西は伊吹山麓までが、一望に見渡せるのだ。

眼下の北西、川向こうに見える小山の上の館は、帰蝶殿も住まわれていた鷺山城。その東麓福光一帯には、足軽・侍屋敷が構えていた。稲葉山の西麓にも、山の谷間の斜面に沿って、三層の大きな館が造営されている。そこから西に、井之口・岐阜町とも呼ばれる、二千を下らぬ町屋が軒を連ねて建ち並ぶ。賑々しく行き交うのは商人ばかりではない。北の総構の内側には壮麗な寺町、それら町の普請に関わる、大工や材木の職人・凡下・百姓も、きびきびと小走りに行き交う、活気に溢れた町を作っている。

北辺総構えの向こうは、大川の支流が流れる川湊だ。鷺山城や福光は西麓の館からは見えない。館の二階を渡り、廊下を伝って山側に進むと、その奥には、「桜花の茶庭」という、回遊も出来る見事な庭園が連なり、稲葉山が借景になっている。山裾から頂にかけて、蕾をつけた桜が、溢れんばかりに重なって見えてくるはずだ。池や川、州浜を巡る先には、『一宿』と名づけられた、茶室を持つ東屋がある。

山城入道は、美濃大川支流井口川沿いの川湊、河原町の市場前で、華やいだ言葉を巧みに騒めいて、客引きしていたところを声が掛かり、美濃守護代管領、長井家に仕官が叶った。それが美濃主にのし上がる発端になったというのだが、冗談ともつかぬその話は本当だろうか。とても真実とは思われないけれども、屈託のない笑顔で迎えたその男は、前髪は薄いものの、年に似合わず若やいだ長身細面の美男で、血色も良く声には張りがある。

出自は山城国西岡。京妙覚寺の修行僧であったのが、その後、口上でもの売りする油商人に転じ、全国を行商する中で、いつぞや美濃にも店を得たのだと聞いた。確かに才気に溢れ、人をそらさぬ言葉を繰り出す。心の奥を覗きこむように見つめる、大きく透き通った目にも、鷲掴みに人を捉えるような迫力があった。

「織田弾正忠家は美男美女の血筋と伺うております。つや殿も弾正忠家の姫だけあって、噂に違わず、実に艶やかでお美しい。尾張川で討たれたご夫君も、さぞかし心残りでござったろう。戦とは申せ、気の毒なことをいたした。織田塚はここから歩いても遠くはござらぬゆえ、明日にでも墓参りなされるがよい」

なんと初めからにこにこと惜しげもなく笑い、愛想良く話し掛けてきた。

「心遣い痛み入りますが、あの戦は尾張側が仕掛けたもの。山城入道様からお悔やみいただいては、私の立つ瀬がございません」

「いやいや、ご夫君に罪はございません。ましてやつや殿が、肩身を縮める所以は毛頭ござらん。ときに、備前殿は息災でござるか」

「兄は度重ねた戦の敗北で気力も失せ、無為無策でただ寝たり起きたりの日々を続け、最早再起は叶うまいと存じます」

「なれば三郎信長殿に代替わりして、わしらの合力で織田弾正忠家を盛り立てていけばよい。清洲を滅ぼし、下尾張は織田弾正忠家の支配地とするが、わしの望みでもござる」

山城入道は、若いつやに対して、初対面のその日から、さも心を許した側近にでも話すような、如才ない口ぶりなのだ。

引き締まった体躯の大男、風貌に甘さは感じられないし、そこはかとない威厳を湛えているが、くつろいだ雰囲気を拵《こしら》えるのもうまい。見た目にそぐわず、意外と気を置かずに話せて、懐も深そうだ。商人上がりを隠すでもなく、伸びやかに振る舞い、鷹揚で言葉遣いも丁寧。見事に居心地の良い座を生み出していて、身を固くしていたつやの心は少し華やいだのだった。

だが、入道との初見が終わった後の、次なるつやの務めは、重い病と聞き及ぶ、小見の方へのご挨拶である。さすがにこちらの方は気が滅入る。

その頃、入道の正室小見の方は、館西の離れの一室で、寝たり起きたりの生活を続けていた。離れには梅の香が漂う小さな庭がある。

翌朝、潜り戸を抜けて狭い通路を渡り、手を引かれるままに、おぼつかない足どりでつやは入室した。小見の方は、疲れた表情を隠すでもなく、やつれた顔を少し上げるのみである。おそらく労咳であろう。咳込む様子もあり、戸惑うつやに対しても愛想を見せない。それもままならぬのだとつやは自分を励まし、気まずさに堪えながら、ぎごちない沈黙を破って、庭の香から桜に話を向けた。

「梅の香がここまで漂ってまいりますね」

声を掛けると、つやには意外と思われたのだが、小見の方は、まっすぐつやに、和らいだ表情で向き直った。寝床の向こうの壁際には、誰が抛《な》げたものか、李朝の小壺に、数枚の葉をつけたやぶ椿の小枝が一輪、一見無造作に挿してあるのが見えた。

「名にし負う桜花の茶庭も、蕾がいっぱいに膨らんでおりました。間もなく、美しい花が、差し招くように咲き誇ることでございましょう」

先ほど新しい側仕えの者から、小見の方は、館二階奥の数寄の座敷と桜花の茶庭が、殊の外お気に入りだと聞いていたのだ。すると、小見の方の頬に、心なしか緋が差して、最初は喘ぐようにしながらも笑顔を作り、つやに答えて、ゆっくりと話し始めたのである。

「あれは道空殿のお引き合わせで、尾張熱田の宮大工、岡部殿がお造りになったもの。木戸を潜った露地の先には、桜一色の山が連なり、間もなく眼前が、夥しい花々で覆い尽くされましょう。でも、冬ざれた雪の季節こそ白眉です。木立に阻まれて、深閑とした薄暗がりの梢の向こうに、切り取ったような冷たい空がくっきりと浮かび、威厳に満ちて煌々と眩い輝きを見せる月が、積もった雪に反映するのです。まるで墨絵の如く滲む単色の風情は、王都のいかな名庭にもひけを取りますまい。私もこの冬は、庭の東屋『一宿』に泊まり、花より前の、しんしんと立ち静まる清《さや》かな雪を、飽きずに堪能しました」

ながく話して、息が苦しいのか、背中が小さく揺れている。

「寒うございませんでしたか」

「いいえ、みなが炭火をたんと入れて、暖めてくれました」

間諜からの知らせでは、小見の方は勝ち気で気位が高く、他者には冷たいとの噂だった。つやは、弾正忠家の自分がどう見られるのか、また、人質とは言えども、入道に入室の立場が、病床にある小見の方にどう映るのか、気が気でならなかったのだ。

ところが、聞いた話とは違って、今は思いがけない親しげな笑顔をつやに向け、声に力はないものの、ゆったりとしたさだかな口調で、親愛の情を示したのだった。すっかりつやを身内に受け入れている素振りで、直前の固い表情を払拭している。つやは、ほっと心のためらいが解けて、好意を伝えようと身を乗り出して、打ち解けた笑顔を向けた。出自も知れぬ商人上がりの男に嫁いだ方なれば、そんな揶揄の風評は似つかわしくなかろうとも思う。冬の淋しい東屋の佇まいを愛するのも、きっと己の死と向き合うのに、それが一番相応しい場所と、見極めたからに相違あるまい。小造りな顔立ちの奥に、眦《まなじり》を決するような鋭い目が光り、遠くを見つめるその様子は一見穏やかだが、誇り高く自死に立ち向かう姿勢が分かった。遠くを見据えるような眼差しは、現世とはすでに決別した表情を、それとなく醸し出している。

織田弾正忠家の気性は短気むら気で、父信貞も突然倒れるように死んだ。生きるも死ぬも未練を残す、兄信秀のあり様は父とそっくりで、自分はあんな生き方はしたくない。小見の方は、気丈にひたむきに、その逆境に臨んでいるかのようにつやの目には映り、心に滲《し》みた。この先は小見の方に習い、矜持を秘めて、心静かに過ごそうと、若いつやは心に誓ったのだった。

三、青山与左衛門

つやの住まいに宛てがわれたのは、「桜花の茶庭」にも程近い、山麓の館二階奥の広い部屋であった。室礼の豪華さから察するところ、小見の方も住まった正室の座敷らしい。襖には四季の花鳥図が描かれていて、華やいだ雰囲気を漂わせている。庭につながる部屋の西北脇の押し板には、きっちりと役を配した五葉の松が端正に置かれていた。

小見の方との会見の翌朝のことだ。つやが尾張から持参したものを並べて、部屋の調度を直しているさなかに、いきなり入道が入ってきた。慌てた侍女の一人がつやの居ずまいを正し、他の者は取り散らかった部屋を整えにかかる。入道は仕草で構わぬと告げてから、当然のように奥に進んで、腰をおろした。

「お気遣いはご無用に。わしこそ突然お訪ねして邪魔しておる」

そう言いながらも屈託なく笑って、つやの仕草を、覗き込むように見つめている。二人の隔てをなくし、自由な行き来を促す手管《てくだ》かとつやは察した。侍女も気づいて、今度は朝っぱらから、床の準備を始めようとする。入道がこれも制すると、侍女達は黙って部屋を辞した。

「ご夫君が亡くなられて間もないゆえ、つや殿のお気持ちの整理もありましょう。わしは少しも急いではおらぬ。わしとのことはゆっくり考えていただいたらそれで良い。聞けば与左衛門殿との夫婦仲も睦まじかった由。操を守りたいなら無理にとは申さぬ」

「嫁ぐつもりで参りましたから、いつでも床入りの準備は出来ております。ただ、お言葉に甘えて申し上げると、先夫が溺死したと聞いた時は、そのまま仏門に入り、菩提を弔おうと望みました」

「つや殿はまだお若い。もっとゆっくり考えて、落飾は思いとどまれと諭されたか」

「いいえ、兄は、織田弾正忠は業が深いので、それは叶わぬと言うのです。どうせ誰かの受け売りでしょうが、『華厳経』という尊いお経には、煩悩の強い者が仏門に入って供養すれば、かえって害を成し、その者は地獄に堕ちるとあるとか。本当でしょうか」

「まさか、そんな話は経にあるまい」

「昔どこぞかの寺で、善財とかいう童子が悟りを求めて旅する絵巻を見ました。それは『華厳経』の中に記されているのですか」

「『華厳経』の最後に、『入法界品』という説話がござる」

「善財童子は、文殊菩薩に勧められて、多くの人の尊い説教を聞くうちに、一つまた一つと信心を深うしていって、終いには悟りの境地を得たのですか。絵巻では説教の中身が少しも分かりません。まあお話を読んだからとて、無学な私に教えが分かるとも思えませんしね」

「わしの仏道もなまくらゆえ、語れるほどの中身はないが、『華厳経』には長い経と短い経があって、いちばん短いのが『入法界品』、最も長いお経が、実はわしら一人一人の一生そのものと説く。人それぞれの全ての生が『華厳』の教えそのものゆえ、すべからく尊いというんじゃ。『華厳経』の示す仏は大日如来、人のようで人にはあらず、三千世界の総体。わしらが五感に感じるものが大日如来、すなわち一切華厳は全世界ゆえ、例えばそれを遠くから見渡すことは本来叶わぬが、敢えてそれが見えるとならば、まるで緻密で伸び縮み自在の、きめ細かい糸で織られた布とばかりに、果てもなく広がる漁網に喩えられるという。ところが、広大につながって常に伸び縮みして形を変え、眩く揺れ動く美しい漁網と見えたものは、にわかに金色に輝く巨大な大日如来に変化する。さらに目を凝らし、思う様近づいて眺めるや、それはやはり漁網に相違ない。その網の結び目には、良く磨かれてなめらかかつ曇りのない、無数の鏡面からなる玉があって、縦横が収縮する網糸でつながっとる。その玉の一つ一つがわしら個々の心。それらは悉く澄み切った鏡ゆえ、一つ一つの玉には、他のどんな玉の動きも映し出され、一つ動けば全部の玉がその動きを反映する。一つの玉を凝視しとると、はっと気づく。それら無数の玉が、実は憤怒の形相で剣を帯び、わしらを睨みつける奴婢の姿の不動明王じゃ。さらにまじまじと見続けておるうちに、その玉の深淵に写し出されておるのは、凝視する己自身の二つの眼、その玉は、かけがえのない、己の心そのものに相違ないとまた気づく。やがて、無数の不動明王は遠ざかり、再び広大な漁網の緻密な結び目の鏡玉に戻る。結び目の玉は無数の鏡面ゆえ、漁網を遠くから望めば、光輝く変幻自在の布。仮にも遠目が叶えば、あまりの美しさに目を見はり、息を呑むこと限りない。密やかな音曲さえ漂うている。

わしらが今生きとるとは、その一つの玉に映し出される大日如来、『華厳世界』を読むに他ならず、わしらはすべからく善財童子その者。広大無辺に織り込まれた布地の肌理《きめ》の内に、おののきつつも誘われ、三昧境に入り、やがてみな突然に法界に渡る。わしのつたない信心では、善財童子の聞く説教の数だけ、仏道が深まるというわけでもない。若く死のうと老いて死のうと、己が感じ人の生きるは全て仏法。あらゆる善財童子は、多くの鏡玉善知識と交わり、ある日突然法界に入る。善知識とは、敵であろうと味方であろうと、わしらが生涯に関わるものら全て。出家も落飾もいらぬ。人は確かに法界に入り、成仏するとの教説は、法華経にも記されておる」

「宿業の深い者は地獄に落ちるというのは嘘ですか」

「『法華経』に依れば、如来は衆生を真実の教えに導くために、たくさんの嘘ではのうて方便を使う。地獄も極楽も宿業も、悉く実相を照らし彼岸に導く方便。語られるところはどこも本当にあるのではない。わしらは間違いなく唯一法界に渡るということじゃ」

「法界はどんなところなのでしょう」

「地獄でも極楽でもない。わしらにはまったく分からぬが、ただ苦楽を超えた安心立命の場じゃという。地獄極楽ばかりではない。あらん限りの娑婆世界の諍いの彼方に、全世界を包み込む一切華厳も、わしら全ての心に宿る八つの識も、神仏・不動明王も、単なる方便に過ぎんかもしれん。あるいは、仏法そのものが、わしら衆生の無知を覆い隠す鎧とも、考えることは出来ようが、かくも豊かで奥行きの深い思念を湛える、仏法と娑婆世界が、わしらの眼の前に開かれていること自体が、不思議な驚きではあるまいか」

入道という男は、卑属な話題には目も呉れず、虚空を貫くような眼差しで、見も知らぬ世界を、まるで見てきたかのように語る。だが、今のつやにはそんな話が快く響く。どうやら入道には、つやの心を引き込む力が備わっているらしい。

「小見の方様にも、そんなお話をなさるのですか。小見の方様は、穏やかな矜持を湛えて生きておられるとお見受けしました。心の平静がもたらされるのなら、どうぞこれからは私にも、そんなお話をお聞かせくださいませ」

入道は黙って頷くと、見計らったように手を差し伸べて、まるで童でも抱き上げる如く、ごつごつした手腕でつやを持ち上げ、自分の膝の上に乗せた。入道の鼓動と膝の温かみが伝わり心地良い。前夫は小柄で、とてもこんな技は無理だったろうし、する人でもなかった。子供時代に戻った気分だ。

「今は与左衛門殿の話をなされよ。それが供養にもなる」

「なぜでしょうか」

「与左衛門殿はつや殿の大きな善知識。つや殿も存分に思い起こし、話せば気分も晴れよう。その手助けをしたいのだ」

そう促されたはずみに、つやの感情の堰《せき》は切れてしまったのか。奇妙な感傷気分に駆られて頷くと、後は無思慮であからさまな話を始めた。きっと入道はそれを許してくれると、つやは確信したのだ。

「前夫与左衛門は、入道様の如き学識もなく力もない、市井にありふれたふつうの男です。取り柄と言えば真面目な正直者、床入りも不器用で、いきなり私の胸に顔を埋め、むやみに手をばたつかせるばかりで、女は初めてかとさえ疑われました。でも、私は今、こんな不躾な話をしてよろしいのでございましょうか」

「もちろん、わしもつや殿の心を聞きたくての所望ゆえ、わしには少しも遠慮なさらず、気の許すかぎり、なんなりと申されよ」

「与左衛門はそれ以来、私の体を、まるで宝物でも扱うように大切に押しいただき、子を宿すのを今か今かと感に堪えて待っている。そんな与左衛門がいとおしくて、私は満たされておりました。兄が美濃攻めの軍勢を集めていた時分にも、私は正直、入道殿の実力を少しも知らぬままに、この戦には、美濃守護物領家も担いでいて、名分もある。下尾張はもちろんのこと、日頃仲の悪い越前朝倉とも同盟し、数においても負けるはずがないと、見くびっていたのです。名も知れぬ入道様が戦上手どころか、本当に美濃を掌握出来ているとも思い至らぬままに、私たちは三郎付きの者でしたので、大した戦もせず、早めに帰ってこられるなどと、高を括っておりました」

「三河を制したあの頃の備前殿には勢いがあって、戦上手の誉れも高うござった」

「兄は、危うい戦いを勝ち抜いて、すっかり図に乗っておりました。私たちも、その都度膨らむ富の大きさに目が眩み、まさか満を持した美濃攻めで、二千もの兵が討ち取られ、溺死してしまうとは、夢想もせぬ愚か者でした」

「あれはたまたま降った雨で、尾張川が増水する不運が重なって起きた巡り合わせ。つたなき戦のゆえではござらん」

「いいえ、尾張川で待ち受けていたのは、入道殿と同盟する上尾張の国衆。兄は、入道殿の策にまんまと嵌まって負けたのです。疲れ切った兄が、討ち死にも溺死も免れて、尾張に辛うじて戻れたのは、よほど運が良かったまでのこと。しかし、溺死した中に、与左衛門が含まれておりました。私は与左衛門が溺死した以上に、自分が与左衛門の死に衝撃を受け、立ち直れないと感じたのが、むしろとても驚きでした。それまで、戦に明け暮れる織田弾正忠家の中におりながら、私の心の中では、時は緩やかに流れていて、戦に出ていたのなら、当然思いめぐらして少しもおかしくない死でありながら、なんの準備もなく、張り裂けるような悲嘆が胸に来て、すっかりうろたえてしまったのでした」

「戦には思いがけぬ出来事があまた重なって、誰が死に誰が生きるかはまったく予断を許さぬが、おそらく、与左衛門殿が溺死されたのは、我勝ちに逃げ帰ろうとする者の中にあって、殿《しんがり》を務められたという証し。利他の行いは成仏の機縁ゆえ、与左衛門殿の法界は間違いござらん。気高い心の持ち主なれば、わしらのこともきっと許してくれましょう」

そう言いながら入道は、つやを膝に抱いたまま、背後から包み込むようにしてすっと立ち上がった。性急さにつやは少し慌てたが、入道はつやの与左衛門に対する後ろめたさを、ただ和らげんとしただけなのだろうか。部屋に床の準備はない。それでも入道が今、自分と交情を交わす気持ちであるのは疑いない。久しぶりに男の匂いを感じて、いじらしくも心そそられている自分にもつやは驚く。今やなんらの躊躇《ためら》いもなく、高ぶった期待に胸が震えていた。

「与左衛門はきっと許すでしょうから、私にはなんの気兼ねもありません。でも、与左衛門の子を成せなかったのが、今も心残りで悔しいのです」

その言葉に応えるかの如く、入道の抱擁の手に力が入って、つやは充足に満たされていった。

翌々年三月、入道の正室小見の方は、桜花の下三十九歳の一生を終えた。そして半年後の九月、入道は、修行僧時代の兄弟子が住職という、城下岐阜町常在寺に、日野・芥《あくた》見《み》・領下・印食《いんじき》・三宅五村の内より五百貫の所領を寄進して、小見の方を弔った。その後、つやは約束通り、山城入道正室として迎えられたのである。

四、三郎信長

その頃尾張では、帰蝶殿には気の毒ながら、早々に三郎信長のうつけぶりが露見した。大方ここで手柄を立てて、入道にいいところを見せたかったのだろう。

まずは婚儀直後の天文十八年三月、佐久間一族を通じて、信長が送った刺客が、今川方の三河岡崎城主松平を襲う。怒った松平党に加勢して、駿河の今川が兵を出した。つやの兄信秀が、死にものぐるいで掠めた三河の領地、岡崎矢作川はおろか、安城・上野・西広瀬という三河の城は、その年十一月までに、悉く今川方の手に渡る。

さらに、気落ちで臥せっていた信秀が、暮れには中風で倒れ、その後は、身じろぎすらままならぬ寝たきりの身となった。年が明けると、信秀の後継を巡って弾正忠家は紛糾し、今川もここぞと尾張回復を窺って、その夏には、三河・知多はおろか、尾張山田郡にまで侵入した。信秀も末盛城の床に寝たまま、回復の見込みもない。惨めな二年余を過ごした末の天文二十一年三月、後顧の憂いを残して、四十五歳の生涯を閉じた。その間、自棄を起こした信長は、懲りもせずに戯《たわ》けたことを続けた。

天文二十年、正月気分も抜けぬ中、八人ばかりの小人数で、代替わりしたばかりの、清洲大和守の城に火をかける。先年古渡の城に火をつけられた、その仕返しのつもりだったかは知らないが、美濃斎藤との婚儀の際、清洲との和議も結ばれていたのだ。びっくりしたのは清洲の大和守家だけではない。弾正忠家の重臣どもも不安に駆られて、死に際の信秀に、信長の弟勘十郎信勝を弾正忠家後継に据えるよう、進言する騒ぎになった。当たり前である。

信秀葬儀の折も、信長の行状は異形かつ異様だった。髪は茶筅髷《ちゃせんまげ》、袴も付けぬもえぎの小袖で現れて、父の仏前に向かって、鷲掴みにした抹香を投げつけると、さっさとそのまま帰ってしまったと聞く。ふがいない父に怒りをぶちまけた、信長の気持ちはつやにも分かる。それが、気性の激しい弾正忠家の、情愛の表し方なのだろうが、いくら若いとは言えども、元服して婚姻も済ませた男のする仕儀か。あまりに大人げないではないか。

それればかりではない。帰蝶は、早く子を成すことを願っていたが、信長の冒す無思慮な行いに翻弄され、心労を重ねたためか、せっかく宿した子を流してしまった。にもかかわらず、信長は帰蝶殿との婚姻直前に男子を成していた上に、美濃との境にある小折村の商家にも足繁く通い、その娘にも男子を産ませたのだ。さらに男色《しゅどう》においても、その放縦な性格は止まらない。無論、気持ちを逆撫でにされた帰蝶は、「蔑《ないがし》ろにされた」とあからさまに怒りを顕にして、信長とその周囲の者を慌てさせた。当然帰蝶は、それらの男子を那古野城内に入れるのを許さない。若い信長は、初めて、自分の意のままにならぬ、気位の高い女を見た。

入道も探りを入れてきた。入道が織田弾正忠家と同盟したからには、美濃に忠誠を誓う伊勢守家はもちろんのこと、守護代大和守家もおいそれと手は出せないが、城に火をかけられた大和守家は、信長が仕出かした振る舞いに激しく怒っている。斎藤、織田の婚儀の時結んだ、仲直りの約定も壊れる他ない。入道が信長に遣わす文も、清洲を経る道を避けて、五里ほど東の上尾張伊勢守家の領地、岩倉・比良・那古野に回る道を選ぶしかなかった。その伊勢守にしてからが、信秀卒去の折には、末盛城を攻めとろうと兵を進めた。まあこれは勘十郎信勝を攻めたのだから、信長への加勢かもしれぬ。

下尾張守護代大和守家では、弾正忠家が主家を窺うというので、願わくは信長がまだ若いうちに、織田弾正忠家を滅ぼしたいと考えていたが、そうなると、漁夫の利を狙う駿河の今川が、下尾張を奪おうとする。明応の地震・津波で、遠江橋本の湊は潰えてしまっていた。以来、良港を持たぬ今川にとって、津島湊は喉から手が出るほど欲しい。

今は三郎信長の拠点となっている那古野城も、元を正せば、今川の分家尾張今川の城。そこに現当主今川義元公の弟を養子に入れて、どうにか尾張の拠点を確保しようとしたのだが、信秀の恥ずべき謀略にはまって那古野城は奪われた。弾正忠家が弱くなった今、今川が再三尾張を攻めるのも、津島湊が狙いだ。本邦外との取り引きも仕切る津島を押さえて、鉄砲に使う硝石も鉛も自由に手に入れたいのだろう。

津島はかねてより、知多の苧麻《ちょま》を扱っていた。知多が苧麻を植えるのは、米を作るには水が足りないゆえである。それでも知多は、伊勢大湊の対岸にある海運の要地。常滑の甕は全国に出回り、津島とのつながりも深い。知多の苧麻を木綿に切り替えて商わせ、天文頃には、三河と共に本邦一の木綿産地に育てたのも津島の力だ。綿布は丈夫な上温《ぬく》いゆえ、兵の衣にも良い。鉄砲の火縄としても、紙や竹皮に勝る。近頃では、船の帆も筵旗《むしろばた》をやめて、木綿旗を付けたものが行き来するようになってきて、木綿の用途は広がるばかり。知多の富も増大した。

今川が、三河をこのまま支配下に収めるにしても、知多や津島が弾正忠家に服している限り、硝石も鉛も、綿布すら今川の思うがままにはならない。今川にしてみれば、弾正忠家を滅ぼして津島を支配し、その富をも一気に手中に出来る好機だった。

今川は将軍足利の同族で、一時は尾張守護を務めたこともある。貴種《きしゅ》に弱い者らは、今川の尾張権益を認めかねない。美濃中原が今川に隣接されては、美濃にとっても直接の脅威だし、この頃では、美濃産の上絹や紙も、牧田川から養老表佐《おさ》経由で京に運ぶばかりではない。海路でも全国に運んでいる。美濃下有知《しもうち》関の刀などは、津島湊から本邦外にも運ばれている。その津島の権益も、弾正忠家が奪い取るまでは、美濃が握っていたものだ。

津島湊の利益が、今度は今川に奪われるとなれば、美濃にしたって捨ててはおけない。入道は、伊勢神宮御師や近江・伊勢の法華衆徒とも通じて、伊勢攻めを模索していた。それには津島衆と並んで、知多の水軍の力も借りたい。幸いにも、弾正忠家は、知多郡緒川の水野氏を、今はどうにかこうにか、その麾下《きか》に収めている。信長を支えて、津島と知多の海路を確保するのが至上。知多もそのまま、今川の配下に渡してしまうわけにはいかない。入道にとって、信長の継ぐ弾正忠家を支えるのは、美濃の権益を守るためにも、必要不可欠の手段だったたに相違ない。

つやには知らないことばかりだったが、入道は心を許していることを示すつもりか、そんな話題のおよそ似つかわしくない共寝の際にも、成り行きを、ことさら隠すでもなくつぶさにつやに語る。だが何度その話を聞いたところで、つやには弾正忠家が今川に対抗出来るとは、どうしても思えないのだった。

「三郎が弾正忠の家を立て直せるにせよ、高々二十万石、六千ほどの兵を持つのがやっと。

今川は百万石、三万の兵を擁する大国と聞き及びます」

「まずは清洲を滅ぼし、下尾張を制した後には、今川領の尾東・山田郡を攻め取るが先決じゃ」

「今川が、今や尾東過半を押さえ、城さえ築く中、尾張を弾正忠でまとめることが叶いましょうか」

「今川の背後には武田・北条という敵があって、その備えものうてはならんし、本拠駿府から尾張までは遠いゆえ、遠征でたとえ一時は国人を服させたと言えども、兵糧攻めにあえば永くは保持出来ん。今川の尾張支配は到底叶わぬ夢に過ぎん。ましてや、美濃・尾張が合力すると、その国力は今川を凌駕する。知多・尾東の国人はもとより、やがては、三河の国人すら、尾張側につくが有利との判を下すことになろう」

「美濃・尾張の合力で今川を尾東から追い払い、伊勢も支配するおつもりですか」

「美濃・尾張・伊勢は距離も近く街道もつながり、川・海で結ばれとる。三国に守護代を置いて、美濃中原からの一元支配こそ、わしが目指す戦略じゃ」

短気で無思慮な信長に、はたして尾張守護代の如き仕事を任せて、手抜かりなくこなせるのか。それははなはだ訝しい。今も尾張では、信長に敵対する者の数が日毎に増えている。とても入道の期待には添えまいが、つやは言葉を呑み込み、ただ黙って頷くばかりだった。

三郎信長の素行は、信秀に劣らず荒《あら》けない上に、信秀よりさらに軽はずみとの言づてに、入道の心は痛んだ。それかあらぬか、織田を見限った鳴海城主が、駿河衆を入れて今川に寝返り、ついに今川の力が、尾張の笠寺辺りにまで延びてきたのだ。

天文二十一年四月、信長は、入道からの与力も加えた八百ほどの兵で、その倍はいようかという鳴海勢を果敢に攻めたが、鳴海城の奪還はならず、三十騎もの兵を失ってしまった。

それでも負け戦ばかりではなかった。美濃の与力と守山城主叔父信光殿の助けもあって、同年八月の萱津《かやつ》の戦では、清洲織田家を打ち破り、清洲方に取られていた二つの城を取り戻す勝利を得た。ただ、信長がこれらの戦で、尾張衆の後押しをそれほどには得られておらず、あながち、弾正忠家の惣領とすら認められていないことが、あからさまになったのも事実だ。信長は、数十名の自分の若い供廻りのものばかりと一緒に出歩き、信秀の重臣どもの諫言には耳も貸さないのだから、老臣らが信長に愛想をつかすのも道理ではないかとつやは思う。

五、山城入道と信長

とても平手の手綱は利くまいと入道も察した矢先、板挟みで、平手殿が腹かっ切って亡うなるという出来事があった。天文二十二年閏正月十三日のことだ。信長は戯けしでかすだけではない。容易には入道にも従うまいことが、ここでも思い知らされ、道空殿の思惑も吹っ飛んでしまった。入道と信長の富田聖徳寺での対面は、この気がかりがあったればこそ仕組まれたのだ。

二人が会ったのはその年の四月、入道六十歳、信長二十歳。弾正忠家の家中では、老獪な入道のこと、不測の事態も起きかねぬと、警戒せずには済まなかったろう。もっともなことである。ところが驚いたことに、入道はそこでまた、信長を気に入ってしまったのだ。男色の道を知る者どもには、互いが知り合うための独特の手招きがあるという。無用な憶測ながら、つやはそんな考えを抱いてしまった。そんなことはどうでもいいが、平手殿切腹の後、入道はすぐさまそのいきさつを尋ね、信長との対面を求めたのだ。

「斎藤・弾正忠の同盟の地固めに、三郎殿と見《まみ》え、ゆっくりお話しいたしたい」

そんな文を遣わすと、不穏な気配を感じて、弾正忠家も慌てた。ただちに返書で、平手殿自害のいきさつ、三郎の日頃しでかす行状・風聞についての詫びを入れ、入道への違背なきこと、対面への同意を伝えた。見えの場所を入道側に委ねたことが、入道に気持ちを開いている証しと入道は見た。

四月に入ると、入道は再び文を送る。

「富田の聖徳寺まで出向くゆえ、織田上総介殿もそちらまで来られたし」

聖徳寺は一向宗の寺で、住職を大坂石山の本願寺より迎える。初めは美濃・尾張の国境葉栗郡大浦郷にあったものが、永正の時分に、尾張中島郡富田に引っ越した。美濃と尾張両国から不輸不入の印判を受けて門徒が寺内を仕切っている。

今ではかなり減ってしまったが、その頃には毎月六斎市が賑い、家が七、八百も連なって五千の人が住まう聖徳寺寺内町を拵えていた。門徒は輪番でひと月も石山本願寺へ上るらしい。

近辺の地下・百姓の一向宗帰依はなかなかのもので、門徒・末寺は、尾張側の中島郡・海東海西郡・葉栗郡より美濃中原にまで及んでいた。入道は法華坊主落ちゆえ、先に起きた「天文法華の乱」の際には、六角と結んでいると疑われ、一向宗門徒に嫌われもした。しかし、法輪にかけても、並の沙門では歯が立たぬ方である。「仏法の領域」を踏みにじる領主は「法敵」であるという、法門の言い分も熟知していた。

「仏門が世俗の経世に拘らず、王法を守り公儀に従うかぎり、武門も仏法による寺の自検断・自治の邪魔はしない」

それらを約す文書を交わし、間もなく起きた美濃多芸郡十日講門徒蜂起の際にも、入道は非公事を正す真っ当な裁きで、寺の言い分を聞いた。手際よく争乱を治めた上に、寺や門徒の信を得て、一向宗道場の破却も救い、寺領を返し、井之口の道場に田畑まで寄進したのである。

法華宗・一向宗両門徒とも地下の民百姓がほとんどである。入道とは出自が同じで、気心は通じあっていたのだろう。この度の見えにあって初めて出会った聖徳寺の坊主とも、いつもの話術でたちまち打ち解けたという。

一方の信長は、破天荒な振る舞いで皆を驚かせたと聞く。信長は不思議ななりをするので、それも評判の男だ。見栄を張って偉そうに見せたがる、親兄弟への面あてであろう。ばさらの如き厳めしく豪勢なものではない。地下の卑しい布衣《ほい》の身なりだ。そんな恰好は珍しくもなかろうに、入道は物見高い人であったし、尾張兵の具足も気になって、街道まで信長の馬鹿騒ぎを見に出掛けた。信長も、さすがに、相見えの場では礼式に沿った挙措を守り、居ずまいを正す支度は調えていたらしい。それでも若い信長は、美濃での風説に見合う素行を晒した。

面構えもそこはかとなく傍若無人であざとい。美濃衆には、癇《かん》が強くて野生の獣みたいな気性と見えただろう。短気で喧嘩早く見栄っ張り。常軌を逸した脅しで強面《こわもて》し、勢いがある時はいいが、逆境には脆い。祖父信貞・父信秀をそっくり写す性根が、見すかされていただろうとつやは思う。入道に同行した美濃の者どもも、道中での奇矯で無様な振る舞いや、座敷に座っていた際にも見せた、噂に違わぬ無軌道ぶりに、怪訝な眼差しを向け、当惑を隠さなかった。

入道は、揺るぎなく天下を読んでいく器量を備えている。見てくれ一つ取っても、入道の堂々たる体躯とよく通る音声の前では、貧弱で甲高い声を発するただの子供。比べようもあるまい。話を聞くにつけ、信長をよく知るつやは、恥ずかしさで身も世もない心地であった。

信長は下戸である。入道が勧めても酒はいっこうに呑まず、水菓子に出た美濃真桑の瓜は旨そうに平らげたらしい。入道の美濃での最初の所領は、一向宗門徒も数多い真桑近くであったゆえ、入道の話題は自ずと真桑に及び、聖徳寺の坊主も加わって話も弾んだ。真桑も井水を巡る一味同心で、地下の奉行が統治している。入道の生まれ故郷西岡も同じだそうだ。入道が五年ほど前に出した井関取水禁制の話題もあった。よく分からぬ信長は、惚けた顔で所在なく座り、黙って聞いていたというが、坊主どもは得たりと頷いて手を打ち、入道に礼を言った。信長はと言えば、尾張で己がしでかした不始末の詫びも入れず、父信秀へのぶっきらぼうな憎まれ口で、入道を喜ばせたという。

「備前殿が身罷《まか》られたは残念じゃった。あらかた尾張を手中に納めたものを。三郎殿の父ほどの戦上手はそうはおられまい。わしは危うく首を取られるところであった」

「まことに父は強うござりました。一時は尾張・西三河に覇をとなえましたが、所詮は官位貰うに四千貫も使う、成金の田舎侍に過ぎません。清洲の尾張守護代織田大和なんぞの、けちくさい仁を妬んで、尾張を牛耳ろうとしたばかり。志が小さい上に、猪突猛進で戦略が足りんゆえ、父は舅《しゅうと》殿に勝ったことがござりません。舅殿は今は美濃一国、我がものにしんさったが、いずれは京にも上らっせるじゃろう。今の尾張はまとめる者とてなく、今川の餌食になるやもしれません」

「この山城がおる限り、今川にさような真似はさせへん。それはともあれ、中務丞《なかつかさ》（平手政秀）はおぬし諫めるために、腹切ったいうのは真実か」

「そうやありません。中務丞の嫡子五郎右衛が、吾が弟勘十郎の謀反に加担し、それを恥じて腹切らしたのです。中務丞の菩提は、政秀寺建てて沢彦和尚に弔うて戴き居ります」

「三郎殿は勘十郎をまだ治めれんのか。そんたの供まわりは、百余も鉄砲持っとったやないか。今清洲攻めるんなら助力いたそう」

こともなげに入道は言ったという。

「有難う存じます。初陣このかた、信長の槍持ちの足軽は、舅殿から学んだ三間半の長柄鑓《やり》で、構えも扱いも同じ。鉄砲も舅殿より学び、取り入れました。けれども私の手勢は、今は二千とありません」

「美濃・尾張が一つになりゃ、陸路・水路の行き来で、京・堺もずっと近うなろう。近江路・鈴鹿越えも押さえや上洛も容易や。畿内囲む美濃・尾張・伊勢三国の守護を兼ねた、往年の土岐の勢威取り戻すのがわしの夢。三国制しや天下動かせる。されど、それにはわしも年を取りすぎた」

「舅殿のご存念お聞かせいただき、嬉しうございます。この信長、尾張一つにするために、安んじて舅殿にご加勢お願い叶いまする。さらにその上は、舅殿の天下のために、身命を賭しもうしましょうぞ」

そんな話が弾んだ後、またの見えを約して別れたというのだ。

けれども、信長の素行はその後も改まらない。馬脚現す度に家臣は離れ、清洲と通じる者や、弟の勘十郎に走る者、三河に内通する者など、信長の隙をついた謀略が相次いで、弾正忠家ではその都度入道に言い訳を繰り返していたが、入道はいつでも信長を庇って、風聞を気に留めるそぶりもなかった。入道は、どうやら、信長と清洲を攻め滅ぼして、尾張を一つにまとめた後には、一緒に今川勢と事を構えるとさえ見受けられた。

翌天文二十三年正月、厳冬の最中、今川勢が知多を侵した。今川は知多の重原城を落とし、水野が守る緒川城の東、寺本城の花井氏も味方につけると、村木の岬に陣城を築いた。緒川の城を挟み撃ちで攻め取る気だ。入道も知多大野の佐治氏や水野氏と交わりがある。花井も土岐が尾張守護時代の知多守護代の家系。入道は佐治氏からも働きかけをしたが、今川の勢いからすれば、知多の国人の生き残り策を阻むことは出来ない。

入道は直ちに信長を支援して、安藤守就殿ら千の兵を那古野城の留守居に送った。信長率いる千数百の兵は、底冷えする激しい風雨の中を、二十二日早朝、熱田より船を駆って村木に向かう。今度も、守山からは信光殿が兵を送った。

信長は、手強い相手に、荒けない力攻めを繰り返して、無用に仲間を死傷させる。二十四日払暁から始まった戦は夕刻まで続き、ようようの思いで砦を奪うと、翌朝は寺本城も攻めて城下を焼き払い、今川勢を知多から閉め出すことが出来た。信長は、気忙《ぜわ》しくもその日のうちに、那古野に取って返したという。

その間、今も変わらぬくだんの気性そのままに、友の討ち死にに号泣した。酒も煽らず死も恐れぬ無茶苦茶な攻めに、さぞかし今川勢も怖じ気を奮ったかもしれないが、戦慣れした安藤守就殿ら美濃衆も、その凄さに呆れた。間者よりの言上受けた同じ日に、陣所で焚き火に当たっていた守就殿の前に、とうの信長が礼に来た。入道にことの次第をつぶさに知らせた守就殿も舌を巻く、短気で強引な戦いぶりであった。

六、土岐頼芸《よりのり》

山城入道の美濃支配にも気がかりはあった。頼芸公を美濃守護から降ろして、頼純公を新守護に迎え入れた際の、頼芸公追放までの入道のやり方に対して、安藤守就殿などの、濃西国人衆の不満はくすぶっていた。彼らにしてみれば、濃西白樫の城主、長井の被官であった山城入道はもとよりとして、頼芸公も、大永の錯乱以来同じ釜の飯を食らい、苦楽を分け合った戦仲間なのだ。入道と頼芸公の間も、信秀の最初の美濃攻め敗北時までは、たんに越前や尾張に対抗する、美濃守護とその奉行人という間柄だけではなく、男色という、男同士の深いきずなでも結ばれていたのだと、つやはかつて道利殿から聞いたことがある。

それればかりではない。頼芸公の兄であり、公の宿敵でもあった頼純《よりずみ》公の父を死に追い詰め、頼純殿の美濃帰還を阻んでいた張本人こそ、山城入道その人なのである。まさか弾正忠信秀が最初に担いでいた、その頼純殿を婿に迎え、美濃守護につかせるなどという離れ業を、入道以外の誰が思いつき、実現まで持っていけるというのか。しかも、その頼純公が暗殺されて、頼芸殿は、やっと次の守護を自分の子息、頼次殿に渡せるかと思った矢先、入道に対する謀反の咎で、今度は頼次もろとも、美濃の地を追放されてしまった。この一連の不祥事は、つやが美濃に嫁ぐ二年ほど前に起きたことだ。これらの出来事をつなぎ合わせて、全て山城入道が美濃国を奪い取るために、巧妙に仕組んだ筋書きだと決めつける者らもいた。以来、濃西衆と入道の間には、美濃の統治を巡って刺々しいやり取りが相次ぎ、美濃の平穏を脅かし続けていたのだ。

帰蝶殿の婚姻に先だって、入道が頼芸殿の美濃帰還を聞き入れざるを得なかったのも、濃西衆の気持ちを宥めるためだったのだろう。濃西衆の中ではむしろ、入道が頼純公を暗殺したとまで考える者は少なかった。ただ、隠居した頼芸殿はともかく、本音としては、濃西衆の大半が、頼芸殿の嫡男頼次殿の処遇を求めていたのだろう。頼芸殿の弟、大野郡揖斐山城主、五郎光親殿が間に入り、揖斐山城に、頼芸殿の隠居場を設けたのが天文十八年正月。美濃を追われてわずかひと月ほどで、頼芸殿は美濃帰還を果たし、弟の光親殿と、濃密な美濃の春に心ゆくまでその身を委ねられた上に、頼芸殿の子息、小二郎頼次殿の所領も安堵された。確かに、美濃守護は不在のまま留め置かれ、美濃衆の多くは、入道嫡男義龍が、守護職を受け継ぐものと信じている。それでも、頼純公謀殺の首謀との嫌疑も懸かる頼芸殿にしたら、美濃帰還が叶ったことだけでもまずは慶ばしく、入道と顔を合わせた折には、感極まって泣き崩れ、己の所行を詫びたというのだ。子息頼次殿ですら、父頼芸殿の入道に対する反抗も、これで終いと見極めていた。

「ゆっくり絵など描いて過ごされるのがよろしゅうござる」

代々絵筆に優れた土岐家の中でも、とりわけ頼芸殿は、名うての鷹の絵の名手だ。しかし、入道のねぎらいの勧めにも答えず、頼芸殿はうなだれたまま、その言葉を聞き流した。この時分には、もうかなり両目を悪くしていたらしい。目の衰えが進むにつれて、周囲の者にも頑なに憤懣をぶちまけ、酒を飲んで気が大きくなると、「世が世であれば」などと騒ぎ立てる日々も次第に多くなっていったという。

そしてついに蟠りが弾けた。再び下知を飛ばして、入道に反抗したのが天文二十年十一月。小見の方が亡うなられた、同じ年の冬である。力を持たぬ頼芸殿といえども、入道より八つ若い。頼芸殿をよく知る美濃の者は、それまでの行状を見てきていたから、国を預かる器でないのを、十分分かっていた。とはいえ、美濃を離れれば、あながち誰に利用されんとも限らん人なのである。現につやの兄信秀の二度目の美濃攻めは、美濃を追われた頼芸殿の美濃守護復帰を名目にしていて、その時には濃西衆も味方につけていたのである。さすがに今回は濃西の者も応じないし、もちろん尾張の支援もない。太守の器を持ち合わせぬ、頼芸殿の謀反をあえて許し、頼次殿を麾下に迎え入れたのは、入道の温情ではなかったか。今更、頼次殿の守護職をなどと考えていたのなら、お笑い草だとつやは思う。

入道の怒りは大きかった。当然尾張も頼めない頼芸殿は、小二郎頼次殿と身辺の郎党二十名ばかりを伴い、大桑東北青波の間道を越えて、冬枯れの山伝いを逃れた。本巣郡河内まで落ちた後、さらに岐礼、その先は美濃を離れて、江南の六角義賢公を頼った。それでも、落ち延びる頼芸殿に心を寄せて、助けた者たちがいる。盲《めし》いて行くあてもない逃亡者に、心を寄せる者がいるのは人情ゆえに仕方ないと、入道も見て見ぬふりを決め込んでいた。しかし、国を預かる入道にしたら、器量も覚悟も劣る貴種に情けをかけて逃亡を見逃すよりも、捕らえて寺にでも蟄居させればよかったと、内心つやは、入道の処置に少しも合点がいかない。

翌天文二十一年六月、尾張川・境川の川筋を、またしても大洪水が襲った。農地は水没し、家を流され、美濃や尾張の米・雑穀の値も上がった。勧進する寺社境内や近辺には乞食がたむろして、勧進小屋では餓死する者も出た。この時美濃衆は、十六年前の「中屋切れ」の豪雨の、忌まわしい記憶を蘇らせて、いやな予兆を感じたのだ。案の定、それを窺う近江の六角義賢公が、頼芸殿を助けて美濃に乱入した。「中屋切れ」の時も、川の氾濫で疲弊した美濃が攻められた。村が飢えると、食い扶持を求める野伏懸けで足軽は集まる。戦に勝たねば兵糧は貰えんにしても、村々を襲う打破・乱入で、強奪した飯は食えるし、物や銭の分け前も取れる。そんな真似は、民の難渋を知る将がやれる戦とは言えぬが、頼芸殿にすると、元美濃国守護の威信で兵を集めて、その昔土岐の扶持を受けた浪人どもに、声掛けして味方につけようとでも考えられたのだろうか。最早時節が違うことを、頼芸殿はまるきり分からず、突き上げてくる鬱憤を晴らす、良い機会だくらいに勘違いしたのか。土岐宗家たるべき役を担う矜持も、経世の智恵も持たず、見栄ばかり張る頼芸殿は、目まぐるしい変転の末に、今度こそ美濃衆に見抜かれ見捨てられたのだ。

六角にしても同じである。佐々木の惣領義賢公は、なにかと古めかしい血筋にこだわり、思慮の浅いことでは、頼芸殿と少しも変わらない。父定頼公以来の入道との親交を捨てて頼芸殿に味方し、美濃と江北浅井の同盟を許したのも、義賢公の咎《とが》である。誰にも後押しされない頼芸殿を支えても、この時の美濃衆はただもう怒るばかり。頼芸殿を哀れむ声も最早なく、早々に退けられた。その後も六角義賢殿は、京の戦や江北浅井にも口出しを続けた末に、最後には浅井にも負けて、江南の国人衆の非難にさらされ、家督を譲って蟄居《ちっきょ》する羽目に陥ったのだと聞くが、それはまだこの時からずっと先の話だ。

　それでも衆の心は気まぐれゆえ、時を経れば過去は忘れられ、古き良き思い出ばかりが脳裏を巡るものらしい。美濃衆の土岐への帰順の気持ちは根強かった。土岐に美濃守護を戻すその成就に、義龍殿は、実にうってつけの因縁を持って生まれている。庶子とはいえ、義龍殿は頼芸公の立派な種と、美濃衆の多くは受けとめていた。昔を懐かしむ判官贔屓のところには、頼芸殿の手紙も届いていて、そこには、望郷の募る思いが記されていたという。義龍殿が美濃守護につけば、義龍殿の父と噂の頼芸公の再度の美濃帰還も、叶うかもしれない。しかしそうなれば、頼芸公は元守護にして現守護の父と見なされる。入道の美濃支配に反発する者らにとっても、好都合な話なのだ。義龍殿は山城入道を父と慕う一方、美濃の統治に関しては、対立することが多くある。義龍殿がこれからどのように振る舞っていくのか。つやは一番にそれを案じていた。だがおそらく、つやが入道にものを言えば、義龍殿の邪推を招くことは免れまい。どうしても、義龍と自分にある、色々なわだかまりの気持ちが先に立って、つやは、義龍殿に対する懸念を、素直に入道に伝えることが、ためらわれてしまうのだった。

七、豊田丸（斎藤義龍）

「私は父上の子ですか。前美濃守護殿の子ですか」

言い回しこそ違えど、義龍の問い掛けは、いつでもこの事に尽きていた。

「美濃殿出し抜くは造作ない。お主の母とわしがしめし合わせた芝居よ」

入道の答えも変わることはない。義龍にとっては、はぐらかされたも同じだった。確かに、義龍は狐目の大男で、小柄な頼芸殿に、ことさら似ているようには見えない。背の高いことを除けば、入道にも少しも似ていないし、母深吉野殿も長身だったと聞くが、見開いた時の目は大きく、美女との評判が高かったそうだ。義龍は、自分の風貌や性格が、入道に少しも似ていないのを、ひどく気に病んでいる。

「ならば何故父上は私を疎まれ、孫四郎や喜平次を寵愛しやっせるんや。家臣の間では、私を廃嫡して、孫四郎に家督を取らせるとの噂がもっぱらです」

「危惧は無用。わしの家督は斎藤伊豆守家で、美濃守護代奉行の家柄に過ぎん。そんな家をおまえは継がずともよい。もっと大きな家柄、おまえの母一色を名乗り、美濃の守護家を継ぐんじゃ。孫四郎、喜平次の処遇も考えせんわけやない。孫四郎には斎藤持是院家を継がせる。美濃・尾張が治まりゃ伊勢へ侵攻いたす。丹後の一色本家は絶えたゆえ、喜平次にも母方の一色継がせるのが良い。一色家は足利支族でもともと三河一色の出。丹後・若狭の守護の家柄じゃ。土岐と同様、知多・伊勢とも関わりが深い。知多・伊勢支配には打ってつけゆえな。そうなった暁には、おまえは土岐惣領家を継いで、美濃・尾張・伊勢三国守護の座につくことになる」

「美濃治めるが先決です。過去にも、持是院殿が江南攻め取ろうと企み、苦い思いしんさったと聞いとります。美濃も固めんと、伊勢などとは笑止でござりましょう。それに、持是院家の如き大きな領主が復活しや、守護家に領地は残らへん。私一人を国主にして、国人をあまねく私の被官にいたすんでのうては、美濃はいつまでたっても争い事が収まりますまい」

「お前は美濃の領主になりたいんか」

「美濃の国主になりとうござる」

「そんなもんは孫四郎に取らせとけばええ。お前は土岐・一色両方の宗家に繋がると思われとる。我が家一番の持ち駒や。土岐は源頼光このかた、武家棟梁の血筋。足利に替わって天下に号令するのは、土岐じゃとまで言われた家柄じゃ。一色も足利一門の名家。丹後の一色宗家が絶たれた今、お前と兄弟おいて、一色宗家名乗れるもんはそうはおれせん。

お前が上洛していつ天下に号令しても、それに後ろ指差せるだけの血筋誇る者がおらんのやから、お前は身を擡《もた》げて、舞台に上る覚悟と準備しとりゃそんで良い」

「そんな話は美濃治めてから伺いましょう。それに、他国への侵攻言うんやったら、なんでそれが伊勢なんや。信秀亡き後の尾張が先ではありませんのか。三郎（信長）はうつけで粗暴と領内の評判も悪ければ、今がまたとない戦機と存じますが」

義龍が言い募っても、入道は怒らない。

「尾張には帰蝶を嫁がせとる。一度は流したと聞くが、やがてはまた子を産むやろう。わしらは三郎（信長）助けて尾張取らせやええ。美濃も昨年は川が氾濫して思わん目におうた。されど越前朝倉も代替わりしたし、浅井が入ったゆえ、六角はもう攻めてこん。美濃の国力の上り調子が続けば、隣国で美濃攻めれるもんは最早おれせん。美濃・尾張・江北が同盟して、喜平次の伊勢支配が及ぶその暁には、天下が動くことになろう」

細い狐目をこわばらせて不平を顕わにしながらも、義龍は引き下がった。

「そこまでお考えなら、私を除く画策はなかったと信じましょう。土岐に馴染む美濃衆の動き鎮めるために、私が頼芸公の子やちう噂を、たぶん父上がわざわざ広めとる。わしが守護職継げるのもそのおかげ。何も不満があるわけやあらへん。私は父上の獅子奮迅の働き見てきたで、父上を心より誇らしう思う。なれど、美濃の国人は父上を恐れつつ、芯では父上の家臣になろうとはせん。命を賭して美濃まとめた父上の力業を、もっぱら陰謀と決めつけて、心の底で侮っとる。父上が、身分や血筋で余分の苦労重ねんさった末に、今もって美濃の国人従えきれんのが、私には歯がゆうござる」

「人は己の信じたいもんを信じるでな。お前が土岐殿の子いうのも、それを信じたい者がおるゆえ広まった。わしが陰謀家いう噂も同じや。お前はまだ若いで頭に血が上るかもしれんが、わしの寝首が掻かれんだけで存分に有難い。それよりも、お前が義憤覚える言うんなら、雑念捨ててわしの力になってくれ」

「父上の命ずる務め果たせるんやったら、身命投げ打つのも厭いませんが、その前に、私が七歳で知多に出された理由を、改めて伺いとうござる。私は継母上の疎意を受けて、修業のために外に出されたたんか。それとも父上は、私を本当は、美濃から追わっせるおつもりやったんか」

義龍公の幼名は豊田丸という。母御深吉野殿が亡うなられた後、後添いに入られた小見の方との折り合いが酷う悪なった。小見の方もまだ若かったし、義龍公は、癇の虫の強い不機嫌なお子だったと聞く。困った入道は、その時七歳の豊田丸を、堀田道空殿ら津島衆に手筈を頼み、尾張知多郡大野の国人に預けることにした。名目は、美濃の戦場から、豊田丸を引き離すためというが、ちょうど尾張にあった今川の拠点が次々に失われ、一方美濃の入道も、津島湊の堀田道空殿の館を、美濃の居館にした時分でもある。話を聞いて、正直つやはびっくりした。年端も行かない童の身を預けるのに、美濃のどこかしっかりした城ならまだしも、他国、しかも知多は、当時の美濃にとっては、敵国下尾張と同盟し、尾張の領地を失った今川も、足場にと狙っていた。美濃とちっとも変わらぬ戦場ではないか。今川や織田に対抗して、入道も、知多の国人に顔を売る好機と勘考したのか。一色氏が三河・知多の守護だったことなんぞ、いくらなんでも今さら通用する筈もあるまい。その去就も知れぬ国人に自家の嫡男を預けるとは、つやにはとても信じられない。もちろん、入道には相応の策があったかもしれない。義龍公に覇者の心得を授けんと、入道らしいやり方で企んだのか。

「入道様は、知多の佐治氏にまで手延ばいとったのですか」

「その通りや。佐治は大野衆率いる佐治水軍の頭。知多の入り江一帯の水運を差配し、津島や桑名・安濃津、大湊とも行き来する。すぐ近くの常滑は大甕の産地で、全国に甕出荷しとるゆえ、荷役の利も佐治に入る。佐治の本家は、伊勢と京を結ぶ鈴鹿峠抱える要地、甲賀郡の国人。近くにやっぱり信楽ちう甕の産地がある。常滑の窯焼く燃料薪も、伊勢熊野より柴船で運ぶ。その柴船押さえとるのが伊勢の角屋。商の道通じて、佐治氏は、常滑の大甕の流通に関わり、知多の水運預かるようになったが、その佐治氏が、大野で初めに仕えたのが一色の家じゃ」

つやにはやはり納得がいかない。

「一色氏につながる新九郎殿を囮にして、大野を津島の如く、知多・伊勢窺う拠点にと考えたんやったら、そのために、新九郎殿を、生死の境に晒した言われても仕方ありませんな」

「知多は一色家の故郷。大野城も元を正せば一色の城。知多は一色が守護務めたところで、佐治殿は一色の家来やった。深吉野の祖父は知多の出ゆえ、佐治殿がその孫を大事にするのは確かなこと。廻船ぎょうさん持っとるで、船にも乗れるし、海を渡って伊勢にも行ける。伊勢の海では魚も空を飛ぶ。不思議な眺め楽しんで、豊田丸も満足したはずじゃ」

確かに、知多には伊勢神宮の領地も数多あり、伊勢との結びつきは深い。しかし、案の定、行き先を知った美濃の反入道勢が、豊田丸を捕らえんと策した。窮した佐治殿は、入道に沙汰を仰ぎ、今度は海を越えて、伊勢の御師福島四郎右衛門殿のもとへ引っ越すことになったという。実は初めからそういう段取りを整えていたのかもしれない。知多から伊勢は近いゆえ、伊勢に渡り、そこから美濃に連れ帰る道筋をつけるのは、良策であっただろうが、ここでも、土岐や一色が、昔伊勢守護を務めたのに目を付けて、伊勢にも豊田丸を売り込む目論見があったろうと、どうしたって見透かされてしまうのだ。

入道が地下人との付き合いを大事にしたのは、津島衆ばかりではない。かつて、入道が上有知《こうずち》の伊勢神宮御厨代官やった時分にも、伊勢御師とのつながりを深めていた。式年遷宮では、木曽谷の御材木が木曽川・境川を流し送られ、美濃主がその手形を発する。義龍公のこの時の旅は、親子ともどもの付き合いを広げて、美濃と知多・伊勢のつながりを作り上げようとする、入道の念の入った大芝居というのがつやの見立てだ。案の定、斎藤なにがしが、福島殿の子を拐かし、豊田丸との人質取り替えを求める文を送りつけた。不測の事態にも、福島殿は入道との信義を守りぬき、義龍公を無事美濃に送り届けて事なきを得たが、やはり、何が起きてもおかしくない危険な旅だったのだろう。入道は非情な人やないとは言うものの、ことこれに関する限り、豊田丸に対するいたわりは欠けていたのではないか。幼い豊田丸にとっては、さぞかし心細い旅だったのではあるまいか。その時も振り返って、義龍は、今自分の死が間近に迫っているという思念から、抜けだせんようになったのかもしれない。つやは、いつも無口で、何を考えているのかよく分からないという義龍公の暗い性格が、そんな過去にも起因するのではないかと思い諮《はか》っていた。

八、斎藤道三山城入道

他人の心の底を覗き見ることは何人にも出来まい。表向きは義龍も、父とふつうの親子関係を保っていたが、二人が話す時には、重苦しい緊迫の気が漂い、たまたまその場に居合わせた時のつやは、少しもくつろいだ気分になれなかった。弾正忠家もそんなものだったと思い直して、特に驚くほどのこともないと、初めは気持ちを宥めていたが、どうもそれとも少し違っている。義龍がわだかまりを抱えたままでいる限り、美濃に不穏をもたらす種になりかねないとの不安が、つやの心を過るようになっていった。だからといって、二人を黙って見ている以外に、つやにいったい何が出来るというのだ。義龍の本音は、上下両尾張守護代の同盟を成し遂げて、尾張一番の脅威、織田弾正忠家を滅ぼすという戦略なのだろう。つやに対しては、帰蝶を守るための人質に過ぎないという思いしかなく、名目上の義母以上の、どんな立場も認めてはいないと見えた。

天文二十三年三月、義龍が継いだのは、美濃斎藤の守護代職でも、土岐の惣領でもなかった。入道はもちろん頼芸公の嫡子頼次殿の守護職継承を認めず、義龍に、一色名義で美濃守護補任を受けさせたのである。義龍が本当に頼芸公の種なれば、庶子とはいえ、義龍は頼芸公の長男になるわけだ。だが、入道の家で育ち入道一辺倒の義龍に、頼芸公が土岐宗家の家督を渡すことなぞあり得まい。一方一色は、守護職を引き受けるに十分な名家であり、宗家も絶えている。すっかり乱れた今の時世ならば、入道が美濃の富と力を振りかざして一色再興を名乗る限り、義龍が土岐の家督を相続するまでもなく、公方はそれを認めるに違いなかったのだろう。またしても入道は、美濃衆も驚く鮮やかな手口で、美濃守護義龍公の父になった。つやも、さすがにほっと胸を撫で下ろしたのである。

「新九郎殿が美濃守護になられて、とてもよろしゅうございました。これで美濃も落ちつくでしょう」

しかし、入道はこの時、むしろ不安を口にして、楽観の色を少しも見せてはいなかった。

「いや、新九郎には、もっと大きな、三国守護の野望を持ってもらわにゃならんが、新九郎のわしへの猜疑は晴れんゆえ、この先、孫四郎・喜平次を任官させや、またしても不平不満を募らせるじゃろう」

「伊勢を喜平次殿、尾張を信長に託すというお考えは分かりますが、美濃の統治を孫四郎殿に任せるとなると、義龍公はただ三国守護に祭り上げられて、実権のない方になってしまいかねません」

「わしは血筋も持たず、奉行の名目しかなくとも、美濃主と認められておるではないか。

新九郎には血筋の権威もある。己の力で美濃守護以上の者になる気概を持ちさえしや、血統の持つ威力も必ず働く。きっと欲しいものを手に入れ、美濃・伊勢・畿内の国人をも靡かせ、強力な軍事力をものすることが出来よう」

そう語る当の入道自身の心に、義龍がその器かとの疑念が宿っているのではなかろうか。つやは、父子の心の淵に不穏な陰を感ぜずにはいられなかった。

「入道様のお力がそのようなものならばなおさらのこと、義龍公はただのお飾り。入道様が健在な内は、誰もその威力に逆らえますまい」

「わしは老骨の身。いずれそう長くは持つまい。わしの後継こそが真の権力を握る者となるべきと、そうわしは思うておる。それは、新九郎・孫四郎・喜平次・三郎信長、誰でも良い。ただその者は、必ずや、天下取りの気概と覚悟を持つ者やなけやならん」

「みなが譲らねば戦は必定。それよりも入道様が隠居なされて、美濃主の地位を義龍公に渡されるのが、戦を防ぐ上策ではありますまいか」

「つや殿も分かっておられるであろう。今ただちに義龍に任せられぬのは、わしが権力を保持したいためやない。義龍に志が足らんと思うゆえじゃ。不和を収めるには、わしがもう少し先まで進み、道筋をつけ、形を整えねばならんと思うがゆえじゃ」

「入道様は出家の身なれば、何故それほどまでに、現世にこだわられるのでしょう。私には、彼岸や法界の話をなされる入道様の方が、ずっと好ましいのですが」

入道は小さく笑って続けた。

「わしには美濃主ゆえの務めがある。また現世に対して一つ決め事をしとる。そのために命を賭けとるゆえ、今はまだ誰にも譲れんのじゃ」

「私は無知の上に煩悩の巣窟ゆえ、なにも申せる器やありませんが、弾正忠の家では、お経と言えば『般若心経』。ちんぷんかんぷんながら、その中身は『色即是空』。とはすなわち『諸行無常』。その心は『いろは歌』とのみ教わりました。現世がさほどに儚いものなれば、『浅き夢も見ず。酔いもせず』が出家ではござりませんのか」

「『般若心経』は『色即是空』に始まり、すぐその後に『空即是色』と戻る。儚い今生こそがわしらが生きる唯一の世界の実相。儚いと知りつつも、そこを懸命に生きるのがわしらの勤め。『有為の奥山』は容易く越え得るもんやない。『華厳経』を生きるとはそのこと。そこに見るものは儚いと言うものの、野の花々が咲き乱れ、妙蓮華の花も咲く。現世を荘厳し清めるのが、此岸から彼岸へと渡るわしらの生にして仏法。わしもまた自分の信じる現世今生の道を進んでいくまでのことじゃ」

「わたしや新九郎殿の如く、志が足りない者はどうしたら良いのでしょう」

「いや、わしは、新九郎の彼岸へ渡る今生を劣ると言うとるんやないぞ。それぞれの今生のあり方はその悉くが華厳の教えゆえ、それと法界との繋がりは、わしら凡愚の量ることやない。全て平等の仏法じゃ。ただし現世の理は別ごと。新九郎が己の現世で大きな力を持つには、それを担うに相応しい考えが必要じゃと申しておるまでのこと。新九郎は、乱世を治め、現世をどう調えるかについての考えが未だ浅い。仏道は彼岸に導く教えゆえ、現世について多くは語らん。わしら一人一人が自分で見いだす他には道がない。つや殿もこれから先、どんな厳しい決断を迫られる場が待ち受けとるやもしれんが、最後にそれを決めるのは己のみ。自身の信じるところを成す他ない。

今までわしが関わってきた多くの者らも、いずれも深い悔いを残いて死んでいった。実のところ、わしとて、妙覚寺で修行時にわしの法兄じゃった方から、その家督を頂きながら、その方を殺し、わしが継いだその家まで滅ぼしさった極悪人じゃ。それでも、『法華経』には、釈尊の肉親ながら釈尊に背き、法敵となった極悪非道の提婆達多を、己を悟りに導いた最高の善知識と讃える釈尊の姿が描かれとる。わしにとってはそれが救い。法兄にして我が義父じゃったその方に、「どうかわしを許してくだされ」と今も念じ祈るのは、『法華経』にその『提婆達多品』があるからじゃ。現世がいかようであろうとも、死にぎわに立ちはだかる煩悩を乗り越えた先には、間違いなく、誰もが入る、広大無辺の法界があるとの『法華経』の教えをわしは信じる。しかしもちろん現世はまったく別のこと。過ちつつも愚直に己の決断に従い、来世は仏道に委ねるのが、『法華経』の要ゆえな。美濃主や三国守護の立場ともなれば、その決断は重い責めを負うとる。今の新九郎にその覚悟があるとは、わしには見えんまでのことじゃ」

入道の義父殺しがどんな経緯で起きたのか、つやにはまったく伺い知ることが出来ないが、入道が策謀家と恐れられるのも、あるいはそんなことが発端となっているのだろうか。ただ、山城入道も、心に闇を抱えながら生きている者の一人であることは、つやにもなんとなく理解出来た。にもかかわらず、入道が力強く生きていけるのは、どんな信念があってのことなのだろうか。

「これから先、わたしや新九郎殿に待ち受ける幾多の決断に過ちがあったにしろ、死んだらみな帳消しで、確かに法界に行けるというのは救いですね。なれど、現世の判断は自分で下せと仰せられても、役を担うだけの器量は持って生まれたもので、修業で身につけられるようなものではありますまいに」

「生まれながらの器量などというもんをわしは信じん。己の担う役を真っ直ぐ引き受けていく内に、一つ一つ身につけていくもの。受け持つ役がその者を拵える道。後は己の信ずるところをただ進むのみ。大域と局所を見通し、判を誤らんよう、日々努める覚悟が肝要ということじゃ」

「他の者との考えに隔たりがある時は、いかがなされます」

「己の役に応じて判を下す。誤れば滅びるばかり。それが覚悟じゃ」

つやは黙った。


尾張では、入道の後ろ盾を頼む信長が、天文二十三年、下尾張守護、斯波の若殿を迎え入れた。それまで大和守家の清洲城に住まいを与えられていた斯波の若殿は、父を殺され、清洲城から逃げ出したのである。それで名分を得た信長は、翌天文二十四年四月、つやの兄、守山城主信光と組んで清洲城を攻めた。そして守護代織田本家大和守家を滅ぼすと、さらに畳みかけた。伯父信光をも謀殺して下尾張半国を手中に収めたのだ。守山城主信光に入れ智恵して、清洲城主を切腹に追い込み、翻って今度は、下四郡のうち二郡を要求する信光をその家臣に殺させる。呆れた謀略だが、それはおしなべて山城入道の差し金だとの噂が流れた。若い信長にそんな智恵はないなどと、真《まこと》しやかな風説である。だいたい入道の悪い噂は、入道のことを知れば知るほど、根も葉もないとつやには思える。それにひきかえ、信長の悪辣さは生まれついてのものではないかと、つくづく考え込んでしまうのだ。確かに、そぶりも見せぬ入道にとって、全てがあまりに都合良く事が運ばれ、底意があるかの如く、濃尾の形勢は大きく動いて、一見、入道と信長の目論見は淀みなく前進したかに見えた。越前朝倉は、前年の大旱魃とその年四月の白山噴火、加賀一向一揆との戦で手一杯。美濃・尾張を掌中に収めた上は、石高百万石・三万の将兵を動かす、東海の盟主への道が開けたと、入道は確信しただろう。だがその道は、一番の身内のところから、脆くも崩れ始めていた。

義龍公と入道には統治に関しての意見に大きな隔たりがある。それゆえ入道は、義龍公に全てを譲り渡すことが出来ない。義龍公は弾正忠家を疎んじているのだから、つやに対しても少しも打ち解けようとはしない。義龍公の思い通りに統治が進んでいったなら、美濃につやの居場所はなくなってしまうだろう。入道が言う『現世への決め事』とは何なのか。他にも三国守護以上の、何か大きな考えがあって、簡単には美濃主の地位を義龍公に渡せない事情があるのだろうか。強引に己の主張を押し通そうと、孤独な闘いを進めているように見えるその姿が、つやにはひどく孤独に見える時がある。はたして入道の目論見はうまくいくのか。後で考えると、入道が謀った経世の策も、義龍公はもちろんのこと、どのみち、信長はじめ、諸国の領主が、行く行くは手をつけていったことばかりだった。左様にして、領国や市の経営、知行や扶持のあてがいなどの変改が、諸国同じように進んでいったのである。だが、経国の実際を知らぬ者たちは、おおむね、にわかに力を得る者の器量を信じぬどころか、妬み心もあって、私利私欲を疑う。貴種でない者の器を受け入れることは、よほど難しいのだ。美濃衆の間でも、複雑な対立と駆け引きが巡らされていることを、つやもそれなりに分かっていたと思う。素性の知れないよそ者ゆえ、美濃衆の多くは、入道の言葉がどのようであろうと、心から信用してはいなかっただろう。その頃のつやは、とにかく入道の企てが全て叶い、しかも美濃の平穏が少しでも長く続くことばかりを、心から願っていたのである。

九、遠山景前《かげさき》

天文二十三年の暮れ、入道は孫四郎龍重を左京亮、喜平次龍定を右兵衛大輔に任官させたが、年明けの天文二十四年になっても、美濃の中原はのどかな春を迎え、入道はなんの気配も感じてはいなかった。予兆は確かにあったのだろうが、それはあまりにも密かで、つやも、前年の不安が杞憂に終わったことに安堵して、そのことをあまり深く考えることもなく過ぎてしまった。伊勢神宮の式年遷宮は二十年おきに行う習わしながら、乱世で百年以上途絶えていた。美濃・尾張の和平も成ったことだし、伊勢の御師福島殿の頼みも受けて、入道は、懸案の伊勢外宮の式年遷宮を復活するために、義龍公との連署で、木曽谷より御用材を流し送る手形を発出したのだ。後はかねてよりの狙い、伊勢支配の手筈を整えるばかりである。これ以上の時宜はない。伊勢を目指すのは、土岐氏が三国守護を務めて以来の美濃主の悲願。入道は、伊勢支配をその国人には任せず、四男喜平次龍定にさせるつもりでいたのだ。龍定を右兵衛大輔に任官させたのも、伊勢の国人をなびかせるための名分で、義龍公の邪推は無用だったのだが、義龍公には、何故か入道の心が伝わらない。手形に連署したとはいえ、義龍公は、幼い頃の伊勢での思い出や福島殿との出会いの記憶もすっかり薄れて、今や伊勢などは眼中になかったのだろう。そして、美濃中原には、一見謀反など思いも寄らぬ平穏が漂っていたが、濃東では、先駆けのような不穏な動きが、すでに始まっていた。

天文二十三年春に話は戻る。甲斐の武田晴信公が南信濃を制圧すると、隣接する濃東岩村の国人遠山景前殿が、晴信公に応じて、その被官になったのである。信濃の南は美濃・尾張・三河に隣接している。その時分は美濃と尾張が結び、三河を支配する今川と敵対していた。一方武田と今川がこの年の五月に同盟を結んだ。恵那郡は美濃の東端にあって、東は信濃、北は飛騨、南は三河と国境を接する。その地に根を張る遠山氏は、北の苗木・中の岩村・南は明智・その他いくつかの家で所領を分かち、田舎国人ながら、土岐と並ぶ鎌倉以来のご家人の血筋を誇りにしていた。易々と美濃主の風下には立たぬ気概もある。その遠山の領地には三河湾に注ぐ川もあって、三河川筋の一元支配を企らむ今川や松平とは利害に対立があった。そのため遠山は、今川が攻める奥三河足助の国衆に援軍を出していたのだ。武田が南信濃を支配した今、今川と同盟する武田が、それを口実に濃東に侵入しかねない。今川と武田に挟撃されたら、遠山などひとたまりもあるまい。そう考えた景前殿は、その頃濃北・濃東を治め、その権益に深く関わる、入道の長男長井隼人佐《はやとのすけ》道利《みちとし》殿に窮状を訴え出たのである。

当時道利殿は甲斐・信濃との取り次ぎを務め、甲斐恵林寺の住持快川殿と、濃甲同盟の可否を探っていた。国境の小領主が生き残りのために、二股かけて被官になるのは別に珍しいことではない。道利殿は、今川に脅威を感じる濃東国人が、今川と戦うのを武田が黙認するならという条件を付けて、恵那の遠山氏が、美濃と武田に両属することを叶える旨、快川殿に約定した。

甲斐恵林寺の住持快川殿が授けたのは、甲斐武田・飛騨三木・濃東遠山三家を取り持つ策だった。その時はまだ甲斐恵林寺におられた、飛騨三木氏出自の高僧希菴殿を遠山の菩提寺大圓寺に招かせる。希菴殿は快川殿と共に、晴信公が深く帰依する妙心寺東海派の僧である。美濃側で、快川殿とそれを謀った美濃崇福寺貫首は長井家の出自、道利殿の義叔父御に当たる。快川殿自身も美濃土岐氏の流れで、郷土を愛する気持ちはひときわ強く、美濃に不都合なことをする筈はない。飛騨三木氏には、入道の姫が嫁いでいるから、美濃と飛騨も盟友の間柄だ。妙心寺派の僧侶は、天下を巡る政《まつりごと》に関しても、独自の考えを持していると聞く。それを持って、各地の国主と師檀の約を結び、国主おのおのが帰依する高僧同士を結びつけて、和議を広げていくというのだ。その端緒が濃甲同盟というわけである。道利殿は、遠山が被官になることで甲斐に貸しを作り、それを持って遠山の三河侵攻には目をつぶってもらう。さらに濃甲同盟の足がかりの密約を交わすという、大きな仕事を成し遂げたのだ。安堵で道利殿は、内心浮かれてさえいた。にもかかわらず道利殿は、一方で父入道の勘気を恐れて、ことの次第を入道には告げず、隠していた。

はたして、発覚した盟約は入道の逆鱗に触れた。濃東は、木曽谷の用材を木曽川・境川の下流に運ぶ要地でもある。なるほど、その国人が美濃の支配を離れて、晴信公の軍門に下れば、美濃にとっては、御用材権益の確保も案じられる。それは捨て置けんというわけで、入道は血相を変えた。将の器を測る入道は、三河を押さえる大国、駿河の今川よりも、まだ辺鄙な甲斐の、田舎国主に過ぎない武田晴信公の、北東より迫る脅威の方を、より恐れていたのだろう。入道には、遠山の武田被官が、美濃に対する裏切りと映った。

「甲斐恵林寺の住持快川は、孟子の天下思想を広めた美濃崇福寺の元住職や。晴信は快川の天下思想にかぶれて、信濃・美濃を跨いでの上洛考えとるに間違いない。さもなくば、晴信は美濃が支配いたす、木曽の材木巡る権益を奪おうと目論んどるんじゃ」

入道の顔にはいらだちの色がある。不穏な気配に気圧されつつ、道利殿は、歯をくいしばって入道の言葉を遮った。

「晴信公には、御材木巡る役銀奪う野心など、これっぽっちもござりません。むしろこの際、美濃が兵を貸し与えて甲斐と同盟しや、今川の脅威は除かれましょう。判誤りゃ、本当に遠山を敵に回し、ちょうど尾張・三河が、美濃・駿河の狩場になっとるように、濃北・濃東が、美濃・甲斐・駿河の狩場となるやもしれません」

「今川の尾張攻めには、尾張今川の権益守りたいちう以上の企みはあれせん。晴信は違うぞ。武田も今川と並ぶ足利同族。奴は信濃奪い、他国侵掠して兵を養う剣呑《けんのん》な男じゃ。甲斐勢に濃北攻めるゆとりはのうても、公方や禁裏を有難がる男に、上洛の道を開けるわけにはいかん。今以上に奴に名分を与えや、おそらく美濃にも憂いが及ぶ。美濃・尾張の結束で、奴を甲斐・信濃に封じ込めとけば、越後との戦に逐われ、冬場と農事の折には身動きも取れん晴信には、上洛の時宜も活路も開ける道は見出せん。お前は快川信じとるかもしれん。快川も、美濃利する企てがあるか存ぜんが、所詮快川は坊主に過ぎんゆえ、大局のことは分からん。晴信に野望吹き込みゃ、いずれ快川は、晴信に利用されるが定めや」

「晴信公は、信濃と結んでその領国治めるのが望み。駿河と同盟するは一時のこと。外海に出れる湊と塩の確保のためには、いずれ駿河攻めを決断されるでしょう。ゆめゆめ美濃の脅威にはなりません。美濃・伊勢・尾張支配するのがお望みなら、濃甲同盟を選ぶが必定と存じます」

入道は伊勢攻めしか頭にない。遠山は、入道の縁戚、濃東可児の明智とも婚姻関係でつながり、入道は飛騨の三木にも娘を入れている。入道からすれば、飛騨と共に、濃東・濃北の策は、とっくに終わっている心算があった。武田が濃東を攻めるなら、兵を出して蹴散らすばかりである。遠山が、晴信公と結ばねばならぬ謂れはない。だから、道利殿が、濃甲同盟を進めようとする理由も解せないのだ。入道と道利殿は、刹那時を止めて睨みあったが、ややあって入道の通る声が響いて、勝負は決した。

「濃甲同盟などとは笑止。お前はまったく分かっとらん。遠山も甲斐などを頼まず、美濃・尾張とよしみを通じとればこそ生き延びられる。いずれにせよ、遠山が甲斐の被官となり、美濃から離反することはわしが認めん。景前にはそう伝えよ。天下の富を差配する地の要押さえる術こそ肝要じゃ。津島の次は桑名・伊勢大湊を目指す。諸国の兵糧はもとより、物資の流れをあまねく差配しとる大湊は、美濃・尾張の川筋から、津島・桑名と一元で経営するが最善の策。城下間近まで大船の入る美濃中原が、小舟しか入らん京に勝る富の集積地になるは必定。美濃の佐藤五郎左、伊勢の福島四郎右衛門、大湊廻船の角屋らも、皆がそれを望んどる。やがては美濃・江北・若狭を結び、西は博多、北は十三湊、本邦外までの廻船も収めるのに、美濃に勝る立地は他にない。さほどのことも心得んと、狭い自国の領地経営で得意になっとる、甲斐や駿河の田舎領主に関わっとる暇はない。やつらには勝手に戦させときゃ良いが、美濃侵すのだけは到底許さん」

天文二十四年八月、入道は信長にも援軍を申し入れて、苗木遠山に道利殿の兵を入れた。慌てた苗木城主は武田の援軍を頼んだが、武田は越後の上杉と対峙しており、それどころではない。武田からの和議申し入れは入道が拒んだ。万事窮した景前殿は入道に恭順を誓う。驚いたことに、道利殿は、打ちひしがれ気落ちした景前殿に対して、今川と戦っている国人を助けて、奥三河足助に兵を入れよと命じたのである。これなら晴信公の内諾もある。美濃・尾張に敵対する今川を攻めるのだから、入道への恭順も示せる。つやはなるほど上策かもしれぬと感心したが、あては外れた。今度は今川勢が濃東に出兵し、明智遠山を攻める事態になったのである。道利殿が以前入道を諌めたことが現実になったと、つやはあらためて痛感した。道利殿は濃東に張り付いて遠山を見張り、武田・今川との戦に備えている。いきおい美濃中原より遠く離れた道利殿は、入道の考えとは別の道を歩き始めたのだった。

十、日根野弘就

義龍公は、本当に自分を頼芸公の子と信じ、入道を恨んでいたのだろうか。そんなわけがあるまい。頼芸公のことなんぞ、初めから眼中になかった。義龍公にとって、入道はずっと慕うていた自慢の父である。父殺しをする企図もなく、殺されまいと先手を打つつもりが、奉行らは過激な行動に出て、義龍公の兄弟を殺してしまった。義龍公は入道を助けたい。入道は拒むし、義龍公の奉行らも、助命なぞしたら、今度は己が生きてはおれまいから、絶対に反対する。こんな筈ではなかったと、今でもつやは、つくづくと悔やむ気持ちでいっぱいになる。

義龍公は、入道の家督でも、美濃守護代の家督でもない、美濃守護職を継いで、稲葉山城主になった。入道は皆が認める美濃主ではあったが、入道が継いでいたのは、斎藤庶家伊豆守家に過ぎない。その家からは、ついぞ守護代の奉行以上の者が出たことはなかったそうだ。かたちの上では、入道はずっと、美濃の奉行だったことになる。美濃には、守護職土岐家、守護代職斎藤帯刀左衛門《たてわきざえもん》家、守護代格斎藤持是院《じぜいん》家という、三つの名家がある。入道は主家を奪いはせず、それぞれの家に跡継ぎを置いて、自分はその後ろで力を保持する手段を好んだのだ。長男道利殿が継ぐ長井家も、斎藤持是院家家宰の立場で、美濃経営に関わってきた家柄である。入道を陰謀家の如く言う者は、名家に養子を入れて奪い取り、己は裏に回って実権を握る卑怯者と揶揄していた。

入道の言い分は違った。調略も謀略も養猶子《ようゆうし》策も、殺生が少ない分力攻めより良策であり、器量を備えた者を、適所に据える近道だというのだ。乱世では、叙位・除目による位階を凌駕し、実権を請け負う威力こそ大事だ。その支え手を武力に求める限り、どうしようと戦は絶えまい。名家の職掌を血筋から切り離し、その者の能力によって配分する、それが新たな天下人の務めと、入道は心より信じていた。

いずれにせよ、義龍公が手にしたのは、入道の家督ではなかったのだから、義龍公が美濃守護になったからといっても、入道は美濃主のまま。べつだん隠居したわけではない。入道が美濃を差配するのもこれまで通りだったが、義龍公とその奉行達は、義龍が入道の家督を継いだと信じ込み、それが中途半端で中身がないと、苛立ち慨嘆《がいたん》した。入道が義龍公をないがしろにして、美濃を差配しているとか、弟の孫四郎・喜平次に官位を与えると、守護を差し置いて、入道がそれをするのは許されないなどと騒ぎ立て、義龍公を盛り立てんとするあまり、入道に対する謂れない憎しみさえ抱くようになっていったのだ。美濃守護たる義龍公の家名の力で、入道の威力と張り合おうというわけか。そんなことを続けていけば、山城入道の気持ちを掴みかねている義龍の心が、昂ぶらないはずがあるまい。

多くの美濃衆は上尾張伊勢守家との好誼を重視し、弾正忠家が強くなるのを嫌っている。大胆にも義龍公は、入道の隠居と、弾正忠家との同盟を捨てて上下両尾張守護代家と同盟することを進言したのだった。義龍公に仕える新しい側近は、義龍公を、入道に追放された守護土岐家の長子として権威づけ、入道の力を削いでしまおうと画策していた。美濃主になりたい義龍公も、どうやら弾正忠家は滅ぼすべしとの考えで、その奉行衆と一致したようだった。

「私の奉行衆は、美濃にとって脅威となる、弾正忠家による尾張支配を止めて、むしろ、清洲の織田本家や上尾張岩倉・犬山にこそ加担すべきと考えております」

すでに義龍は、自分が美濃主なのだから、美濃の行く末を仕切るのは自分であると意気込んでいたが、入道の心は醒めていた。

「尾張の混乱引き延ばす策は、美濃一国治めや良しと信じる者らの心情。縁戚の弾正忠家も従え、美濃と上下尾張を一つ国にまとめるのがわしの答えじゃ」

入道の答えはにべもないが、義龍公は食い下がった。

「尾張が弾正忠によって一つになれば、それこそ美濃にとって最大の脅威。弾正忠が滅ぼせや、清洲も犬山も美濃に服するでしょう。奉行衆の考えは、一国の知行にこだわったんやのうて、尾張や伊勢よりも都の動きを注視し、権勢つけた江南六角公に加勢して公方をお支えし、奔走するが先決との判断です」

入道の顔が険しくなる。

「戦乱の世になって以降のことは、公方も守護も、都も田舎もなかろう。美濃・尾張・伊勢に泰平もたらし、公儀を開くのが先じゃ。名分は後からついてくる。間違うても、都流の権謀術策に身を投じてはならんぞ」

「父上こそ、己の権謀術策で、美濃・尾張に介入しているのではござりませんのか」

「前にも言うたがそれは違う。わしは本気で頼芸や頼純を公方にして、公儀開く道探ったんじゃし、その後はお主で同じことを目指しとる。その場限りの手練手管やない。それこそ覇者の道じゃ」

守護を継いで間もなく、義龍公は、六尺二寸の秀でた図体と粗野な風貌に似つかぬ病に罹り、鬱ぐ日が多くなっていた。身体に痛みを伴う腫れ物が出て熱もある。変調に気づいた側近の内から、密かな流言が広がり始めた。

「近頃のお屋形様の病は、尋常のものとは思われん。実はかねてより、厨房で毒を盛る者があると睨んどります」

孫四郎龍重を国主に立てるために、入道が、義龍公に毒を盛っていると進言したのは、日根野弘就に相違あるまい。入道と道利殿の間に溝が生じたのを、弘就は見逃さなかった。

「それはお前の疝気《せんき》じゃ。厨房の者なれば毒見がおる。井戸ならなんでわしだけが病むんや」

怯む義龍公に対して、弘就は臆せず畳みかけた。

「入道殿がお屋形様を廃嫡し、孫四郎殿か喜平次殿に、美濃主の地位譲るとの噂がござる」

「父上は、孫四郎に斎藤宗家継がせると、公言しとったでのう」

「信長の清洲乗っ取りの陰謀も、入道殿の策と取り沙汰されています。入道殿は奸智にたけた恐《おそ》がいお方や。頼純公ばかりやない。長井藤左衛門殿・持是院妙全殿、いずれも毒殺との風評がござるで、用心に越したことはござりません」

次は義龍公の番だと、弘就は言うのだ。義龍公は目をそばめた。

「もうよせ。頼純公は父の婿、藤左衛門殿・持是院殿のお二人も父上の支持者やった。もし父上が毒で殺《そ》いた言うんなら、もっと殺したい仁は他に沢山おったやろうに。その仁が死んどらんのが面妖や」

日根野弘就は濃南石津郡五町の出で美濃本田の城主。まだ若年だったが、戦場での戦功もあり、勇猛と知略で名を馳せた。入道の信も得て、安藤守就殿らと連署する義龍公の奉行になった。奉行に相応しい器量を見込まれたのだが、この時の弘就の振る舞いが本当のことならば、到底許されるものではあるまい。義龍公の兄弟殺しが、日根野一人の企みだとはつやも思わないが、弘就はそういう者の中でも、抜きんでていたのではなかろうか。

いずれにせよ、入道は尾張の信長に肩入れして、ついに下尾張織田本家を攻め滅ぼしてしまった。美濃、尾張、さらに濃東を取り巻く情勢は、大きく動きだしたのだ。ところが、美濃衆や上尾張衆までもが、入道の考えとは逆方向、義龍や弘就の考えの側に流れていったのである。義龍公が入道から離反する時分には、どうしたものか入道自身も気づかぬ内に、山城入道の評判は地に落ちるまでになっていた。

美濃の守護は頼芸公の後は、甥の頼純公が継いだ。帰蝶殿の前夫である。その頼純公は、つやが美濃に嫁ぐ二年前、二十四歳の若さで何者かに討たれた。近習《きんじゅ》と狩倉《かくら》に出て、巻狩りをしていた隙をついて、どこの者とも明かさぬ兵数百に襲われたのだ。稲葉山七曲がりの道辻には、木札の落首が掛かったという。「主を斬り婿を殺すは身の終わり（美濃尾張）、昔は長田いまは山城」、「長田」は尾張知多の長田荘司忠致、四百年も前に、平清盛に内通して源義朝を殺した男。山城入道とは役も利害も違う。それでも、頼純公は、入道の刺客に殺されたとの噂が飛び交ったらしい。入道にとって、頼純公の死は何の得にもなるまい。

だがその半年ほど前に、数百年に一度という、白山の突然の噴火があって、美濃・尾張衆を慌てさせた。白山はその七年前にも噴炎を上げて、人心は動揺した。雪を頂いて聳える白山の、美濃・尾張からの眺めは、輝く白が冴え、まるで絵に描かれたように美しい。白山神を信仰する美濃・尾張衆の間では、揺らぐべからざる山の噴火は、凶兆と信じられている。衆の心の中では、白山噴火とこの出来事は結びつけられた。中でも、熱心な白山神信者であった上尾張守護代伊勢守家当主織田信安殿などは、ずっと入道の支え手の一人だったのだが、入道が信長に加勢してからは、伊勢守家をないがしろにしているとの憤懣をずっと押さえていたのだ。その信安殿が白山噴火を機に、入道の治世が天道に背くとの確信を持つに至った。白山は天文二十三年から再び、今に至るまで噴煙を上げ続けている。義龍公の親不孝への非難も、白山噴火と共に吹き払われてしまったかのようだ。信安殿は率先して義龍公側に助勢していった。

「頼純公暗殺は、頼芸の意を受けた持是院妙春の仕業であろう」

入道はつやにかつてそう言うていたが、妙春正義はその謀略の直後に、可児は久々利城主に討たれた。入道が頼純と敵対していた頃から頼純を支えてきた者だ。久々利城主が妙春を討ったのも、妙春正義に罪を着せたい入道に吹き込まれたからだとの噂もある。しかし今にして思えば、弘就も妙春正義の仲間だ。弘就はその父の代、頼芸公が美濃守護に叙任された後に起きた、「身延川原合戦」で、六角定頼公の与力として、和泉国日根郡より美濃に来て、その後の別府城攻めや、久々利攻めでも功名を上げた。当時はまだ幼さが残っていた妙春正義も、美濃に一緒に連れてこられた者なのだ。正義は、近衛惣領家の庶子という血筋を買われて持是院家を継ぎ、それまで頼純に仕え敵対してきた久々利城主を支配下に置く立場になっていたのである。

一方、弘就の父も、石津郡五町に所領を与えられた。西国より来て、にわかに所領を得たのは入道と似ている。それを仲立ちしたのは、法華経信者の六角定頼公だ。定頼公は京妙覚寺に知己があって、当時妙覚寺で、聡明な学僧として頭角を現していた日饒殿が、なんと入道の子息であったと知るや、にわかに入道への信頼を深めていった。和泉で没落した将士を、しきりに入道に引き合わせたのもその頃で、日根野親子らもその仲間だった。彼らにとって、入道は国取りの見本であったが、国取りのみを真似せんと謀る心情の卑しさと無知に、つやは嫌悪しか感じてはいなかった。彼らが、弾正忠家を嫌っていることへの反発というだけではない。弘就はその出自のせいか、京・近江、東山道にしか目が向かない。濃南に領地を戴きながら、領地経営の意味も分からず、目配りも狭いというのがつやの見立てだ。一度会ったその日から、つやには疎ましい男と映っていた。向こうもつやを嫌っているのがありありと分かった。日根野がそんな陰謀家なら、それを奉行に頼んだ入道も、確かに見る目がなく、迂闊だったという誹《そし》りは免れまいが、弘就を心から信頼し、讒言《ざんげん》にも乗ってしまった義龍公は、もっと罪が深いだろう。弘就の説得はさらに力を帯びていったのだ。

「お屋形様を土岐家の総領、孫四郎殿を守護代、両方立てる昔ながらの領地経営を、入道殿が本気で考える理由がござらん。入道殿のお目当ては、国主と家臣・地下を直に結ぶ領地経営でござるぞ。入道殿は、美濃の国人や古い勢力の力を、根こそぎにするまで土岐家を使い廻いたあげく、お屋形様を亡いて、孫四郎殿を国主にするおつもりや。やっぱり、入道殿のお子でないお屋形様は、除かれる他あらへんのです」

臆面もなく言い募る弘就に対して、義龍公は黙って頷いていたのだと、これは後に安藤守就殿から聞いた話である。

弘治元年の十一月二十三日は小寒い朝を迎えた。空は灰色に沈んだ雲に覆われ、木々を揺るがす風が梢を鳴らし、間断なく小雪も舞っていた。いつもの年と同様、早朝入道は、立ちこめた霧と薄い霜に覆われた稲葉山城を下りて大川を渡り、鷺山麓の狩倉で鷹狩りをして過ごした。昼時の飯も屋外で取り、滲んだ汗で体が冷たくなる夕刻まで鳥や兎を追うた。その時分の日暮れは早く、すぐ夜気が迫る。入道は供の者と、そのまま鷺山城に起居を移したのである。その四日後の二十七日、龍重殿と龍定殿のお二人は、義龍公を見舞った帰り、日根野弘就に討たれ絶命した。

稲葉山の館に残っていたつやは、直ちに入道六男新五郎利治らと共に大川を渡り、鷺山に逃れた。そこでつやが見たのは、打ちのめされて憔悴し、瞼が腫れて弛《たる》んだ、まるで別人の如く見る影もない、山城入道の姿である。つやは思わず目を背けた。老いて見窄らしくなった入道は、見るに忍びない。入道は、しばらくは狼狽のため声も出せないでいた。

「夢幻や、何しょうぞ。これまでのわしの企ては、おしなべて虚しゅうなった」

やっとの思いで、呻くように呟いた声も、消え入るようにか細い。

しかし、やがて気を取り直して城下の兵を集め、大川を越えて稲葉山城を攻める決断をした。美濃国中に下知を飛ばす一方、いち早く、境川沿い、葉栗郡蓮台を拠点とする森三左衛門可成に、つやと新五郎を託し、信長の元に送ることにした。新五郎の母は、同じ川沿いの可児は瀬田の子だから、その好誼によったのである。つやは子を成すこともなく、六年余を過ごした美濃を離れ、尾張に帰還した。別れに際して、入道が放った言葉はただ一つ。「髪を落とすな、再婚せよ」、それだけである。返す言葉もなく、つやはしばしその目を見つめていたが、抑えていた気持ちが一気に昂ぶり、目の中がたちまち涙でいっぱいになった。ついに堰を切って溢れ落ちた。入道も、泣いているつやの目を一瞬見つめ返したが、追いすがるようなその視線を逃れて立ち去った。つやの見届けた最後の入道の姿である。

三左衛門可成と新五郎利治の二人は、そのまま信長の麾下に入り、信長を手引きして美濃攻めを目指した。一方つやは、今美濃で何が起きているのか、伝えてくれる者も失い、その後がまったく分からぬままになってしまったのだ。

十一、帰蝶

尾張帰還の日は、つやの心を映すかのように、一面を覆う雲が鈍色に重苦しく被さり、風が騒ぎ木立も目の前で葉を落としていた。つやは何故か少しも疲れを感じない。妙に歩く足に力が入った。川を下る船の速度もずいぶん速い気がする。ただ、無力な自分が情けなくて、不覚にこみ上げてくる涙もそのままに、人前もはばからず、声をあげて泣いていた。ああ己も、感情の制御が叶わぬ弾正忠家の血筋かと、つくづく悲しい。清洲の城に着いたのは何時頃だったのだろうか。ぼんやりしていたのか、気がつくとあたりは薄闇に覆われ夕暮れの色に変わっていた。清洲の城で出迎えたのは帰蝶である。

「義母上様には、初めてお目にかかります。この度は、たいへん痛ましいことでございました。まさか兄新九郎が、実の弟二人を殺《あや》め、父に謀反を企むなどとは思いも及ばず、今もって心の動揺が収まりません」

切れながの目を伏し目がちにして跪いた帰蝶は、小見の方よりも少し大柄で、前を向いた細い面の奥の目は、山城入道に似て鋭利だが、眼差しは静かに悲しみを湛え、遠くを見ているように虚ろに見えて瞬きも少ない。差し迫った父の危機に際しても、気丈に取り乱す様子を見せないところは、小見の方に似ているとつやは思った。

「私もこれが現実の出来事とは信じられません。上総介《かずさのすけ》殿のお力もお借りして、なんとか親子の戦いを回避する算段を謀るが先決。山城入道様も、幾度となく危機を乗り切ってこられたお方ゆえ、今回もきっと策をお持ちかと願っています。例えば、一時入道様が尾張に落ち延びて、捲土重来《けんどちょうらい》を期すという手だては浅はかでしょうか」

帰蝶はつやの言葉に対して、まったく表情を変えず、何故か遠い目をしたまま頭を振った。

「いいえ、父はおそらく今度ばかりは死ぬ気でしょう。実は、美濃の今後を殿様に託す旨の譲り状を、新五郎利治に持たせているのです。されど、殿様は、下尾張清洲を押さえたとは言いながら、内紛を抱え、兵を集めるさえままならぬ身。たとえ美濃を託されても、今はそれに応じるなど到底無理なことも分かっています」

「事後のことはこれからゆっくり考えるにしろ、とにもかくにも、今は山城入道様をお救いせねばなりません」

「無念ですが、老父の企ては潰えて、再起は最早叶いますまい。父の仕事は終わったのです。義母上様も、どうぞ父のことはお忘れになり、新たな生活をお始めください」

「仕事が終わったなればなおのこと、尾張で隠居となされば良いではありませんか」

「そんなことは、父も、新九郎の側近や美濃衆も、まったく望んではおりません。心を決めて戦い滅びるのが父の生き方と察しております。ところで、義母上様は父が目指した天下取りの目論見の全貌を、お聞きになったことがお有りでしょうか」

「美濃・尾張・伊勢一元支配のことでしょうか」

「いいえ、父の目当ては美濃一国の主や、三国守護になることなどではありませんでした。義母上様は、美濃中原常在寺の寺主、日運上人様をご存じでしょう。父が、京は妙覚寺で修行僧やった頃、その法兄やったお方です。その日運上人様は、かれこれ六十年も昔の美濃の大乱、船田・城田寺の戦で、美濃守護代職斎藤帯刀左衛門家の惣領として、わずか十三歳で守護代に担がれた、悲運の総大将のお一人、毘沙童殿その人でございます。入道は妙覚寺の修業僧の時分から、その日運上人様の薫陶を受けて、天下取りの志を受け継ぐ毘沙童殿の分身やったのです」

出会った当初こそ、入道はつやに対して、政事の話をよくしたが、その後は仏道の話が多くなった。仏法に詳しいと知るつやがせがんだからかもしれない。だから、今帰蝶がこの差し迫った折に、あえて天下取りの話をするために、わざわざここに座っていると分かったものの、戸惑いの方が先にたってしまう。なぜそれが今で、その相手が他ならぬこの私なのか。伏し目に控えていた目が、話すことに気を奪われてか、今はしっかり見開かれ、瞬きもせずつやの目を覗き込むように見ている。

「大切なお話、ぜひお聞かせいただきとう存じますが、それは上総介殿にもなされたのですか」

「もちろんです。那古野城に入った際、一番初めにしたのがこの話です。ぜひ義母上様にも聞いておいていただきたいのです」

帰蝶は言葉をかみ砕き、ことさらゆっくりと話し始めた。淀みなく話す言葉は巧みである。

「日運様は、元服前の十三歳やったことから死罪を免れ、京法華宗三山の一つ、妙覚寺に送られました。されど、美濃での幼少時には、妙心寺東海派の祖、瑞龍寺の悟渓宗頓禅師のもとで、『孟子』や『天下・治世』について、学ばれたのだそうです。ご存じの通り、林下の禅は儒学も修めて、政治の刷新にも進んで関わることで知られています。されば、土岐家の名字にも因み、『周の文王、岐山より起こり天下を定む』の故事に倣うて、稲葉山を『岐阜』、その主峰を『金華山』、境川北の美濃中原を『岐陽』と称したのは、すべて悟渓禅師なのです」

ここまで一気に話すと、帰蝶は少し間を置いた。何か言うべきかもしれないが、思いつかないつやは、黙って頷く他ない。

「『孟子』には天命の教えがあり、孟子の口をついた言葉が、そのまま宿っとると言われます。『心を尽くす者はその本性を知る。本性を知る者は天命を知る。心を存し、本性を養うは天に仕うる道。』そこには、『天下を治めるのは覇道にあらず、王道。私利私欲にあらず、仁義のため。仁義とは、民を保んじ、民に泰平と安穏を与えること』と印されているでしょう。天が与えた高貴、心の徳に従う者が天爵であり、公・卿・大夫などの身分は人爵です。なまなかの覚悟で人爵を得る者は、心の徳を省みず爵も失う。人爵は公儀を立てて、王道を成すための道具に過ぎません。血のつながりではのうて、天命を受け本性を知る者が就くべき場所です」

「『言うは易く行うは難し』。誰が天命を受け、仁義を知る者なのでしょうか」

「『天の理は天道に、天の下は王道に』。儒学の教えには、仏道にはない、現世を生きる者らの、従うべき治世の理があることに、禅僧は気づきました。元朝が滅び明朝が興った時、元・明に学んだ本朝五山の禅師も、『天命』や『王道』『天下』を論じ、内裏や公方にも学ばせたのです。公家も、口伝で引き継いできた、叙位・除目、有職故実や、法式・礼節を文字にした時、『礼記』ばかりやない、『孟子』の力も借りて、治世の拠りどころにしようとしました。でも、『孟子』は、『易姓革命』で皇統の入れ替えも言う。言わば毒を含む権威です。有職故実や法式、礼節で本当の大事は、決まりを立てて沙汰する道筋ばかり。偉いから爵になるのではのうて、儀典を定め礼を守るのに、爵の容儀が必要なだけです。大事なのは形であり、その地位に誰かが就けばそれで良い。それを知ってしまえば、公事・作法や家格継承の結び目は解けて、惣領の家督権や将軍の取り替えも出来ると分かります。公家や公方のしきたりが、曲がりなりにも天下を治めていた間は、皆文句はあっても黙って従いますが、出来ぬとなれば、民も巻き込んだ下克上の戦いが始まる。人爵を言うのなら、そもそも公儀や公方を守る守護大名は、足利同族か土岐の如き清和源氏。誰がいつ公方になってもおかしない。諸大名も庶流も、各々の野心を膨らましまして、果てない下克上を始めた。さればと言うて、『孟子』の真実を知らねば、ただの殺し合い。ついには収拾のつかん争乱に陥り、浪人・足軽・民までが、公儀を目指す世になるのは必定でした」

「なれば戦は止まぬではありませんか」

「いいえ、武力のみで天下を覆すことは叶いません。律令や式目の如き、掟と典礼の積み重ねが、この国を支えているからです。それをうまく操り、他を凌駕する権威を持つ者が天下を治める。では何が真実の『孟子』か。王道とは『民を治める仁義』、『民を保んじ、泰平・安寧与える』こと。そのために律令や式目があり爵がある。真実の『孟子』とは、『律令や式目の定める爵を超えて、その上に立つものこそ天爵』、美濃の妙心寺派はそのように思案しました」

心もち蒼ざめた厳しい表情で話し続ける裏に、どんな思いが潜んでいるのか、まじまじと見つめているつやに気づくと、帰蝶は悲しみを振り払うように微笑んで、再びすっと目を伏せた。

「天下の公儀が立てば、名分は後からついてくる。天下とは、それまで人を指す言葉ではありませんでしたが、美濃では治天の君の別名になったのです。律令や式目みたいな、法度が定めた人の位やない。掟を操りながら掟を超えた力を持つ、代わりが利かんその人ゆえの爵。天が与える爵を、『天下様』と妙心寺派の禅師らは、喝破したのだと聞きます」

どうやら帰蝶の長い話は終わったようだ。

「入道殿の夢は、天爵を得て、天下を取ることだったとおっしゃるのですね」

「生まれも家格も定かならぬ父が、爵を言うは皮肉なれど、その通りです。ただ、あながち、自分が天爵を得ようとのみ考えていたわけではありません。己も含め、周りでそれを担える者を、探していました。そしてこたびは、潰えたその先を、殿様に継げと申されているのです」

「上総介殿にそこまで求めるは、買いかぶりではありませんか。入道殿の惣領新九郎殿も、当然その話を聞いているのでしょう」

「兄も側近も、聞いていて受け入れなかったばかりです。頼芸殿も同じです。ただ、私の前夫の美濃守護頼純公は、入道の言葉を信じ、命がけの事業ながら、天下を担おうと意気込んでおりました。殿様もそのご気性から見て、父は絶対に引き受けると確信しています。美濃瑞龍寺で快川紹喜殿とも兄弟弟子やった、沢彦宗恩殿が指南役です」

「なれど、上総介殿は、美濃と三河に挟まれている上に、身内からも疎まれて、存続すら危ういと存じます」

「殿様なら、その危機をきっと乗り切られましょう」

おそらく帰蝶は、目前の父の死を覚悟して、気持ちが昂ぶっているのだろう。弾正忠家の気性を知るつやには、信長にそれほどの力量があるとは、到底信じられない。

戸惑うつやをよそに、今の帰蝶は、天下への道を信長に賭けているのだ。

「上総介殿を支える方が、どなたかおられますのか」

「尾張では佐久間一族くらいがせいぜいですが、今回の争乱で、入道勢からは、蓮台の森三左衛門殿や木曽川筋の濃東衆に加えて、西濃の坂井殿・蜂屋殿などが与力します。私はもとより、義弟新五郎の母も、明智の郎党瀬田の子なれば、濃東衆の大半は靡くでしょう」

「濃東北の遠山一族は甲斐に伺いをたて、濃北・濃東を差配する隼人佐道利殿が、川筋の権益を押さえています。美濃の情勢がどう定まるか、私はまったく見通せませんが、いずれにせよ、濃東衆が、尾張を巡る軋轢で、上総介殿に与力するゆとりがあるとは、到底信じられません」

「義兄道利殿は、われらにお味方いただけるものと信じています」

つやは黙った。

こんな話で、信長はもとより、はたして弾正忠家の滅亡が防げるのか。帰蝶は入道の娘ゆえ、天爵や天下人の大義について語れるのかもしれないが、帰蝶とつやの間には、大きな壁が立ちはだかっていた。自分が天爵を云々出来るほどの器とは、つやにはとても考えられない。大義も天爵もなく、ただひたすら、弾正忠家の存続を願うのみなのだ。帰蝶の話をおぼろげに聞いた後も、つやの心痛は募り、頭は混乱したまま働かなかった。

十二、長井忠左衛門道勝

弘治元年も十二月に入ると、入道は禁じ手を打った。雲が垂れ込め霜も下りていた岐阜町の早朝のことだ。陰鬱な冷たい風が、悲鳴に似た音を立てて吹き抜けている。不穏を察して、住人の多くは町を離れていた。入道は町の四方に小人数の間者を差し向け、稲葉山城下の四方の外れから、火を放った。入道が手塩の岐阜町を自焼きにしたのだ。折からの風を受けて、渦巻く落ち葉が火の粉を散らした。轟音を放って、火はたちまちうねるようにして燃え広がり、その日の内に、岐阜町はあまねく灰燼《かいじん》に帰した。

「これで稲葉山城は裸城や。城下の者らは、わしを決して許すことはあるまい」

真実に、美濃中原の人々の心は入道を離れた。入道勢は鷺山城を捨て、山県郡北野城に入った。年が明けた弘治二年正月、入道は、北野から西、鷺山城から北二、三里の城田寺に打って出た。それでも、義龍公が討手を出さなかったのは、いずれ入道が、美濃を逃れ、ただ落ち延びることを期待していたからだろう。入道もしばらくはそのまま、手勢が整うまで待ち、時を稼いでいた。

四月十二日、突然入道は、一斉に鷺山城に攻め寄せた。いかにもいつもの入道の戦である。不意をつかれた義龍公の兵が川を越えて退くと、勢いづいた入道勢は、そのまま川を渡ろうとした。義龍方は、どうにかくい止めて稲葉山城に戻る。

四月十八日、再び川を挟んで始まった戦いで、入道の将兵五十余名が討ち取られた。大勢は決した。おそらく、もうここからの挽回は望めまい。

「これ以上の殺傷は無用。これはわしと義龍の親子の意地の戦い。大義もない。たとえわしが勝ったところで、老躯が残って益もない。今のうちに領地に帰るなり、義龍のもとに行くなり、尾張頼む者は早う落ちよ」

道空殿が直ぐさま返した。

「新九郎は兄弟を殺し、父に背いて国を奪おうとする不孝者ゆえ、天罰下さんならん。将兵の損傷もそれほど大きくないゆえ、諦める必要はござらん。鷺山城に篭り時間稼いどれば、上総介殿の援軍も間に合いますぞ」
「おそらく三郎は川を渡れまい。岩倉の伊勢守は信長嫌い。上総介を妨害するじゃろう。仮に、信長がもし川を渡ることが叶えば、それはわしと三郎を一気に滅ぼすための謀略ゆえ、もっと危ない。三左衛門には、援軍はいらんと伝えてある」

十九日、入道は、末子十一歳の勘九郎に従者二人を付けて、子息日饒殿が貫首の、妙覚寺に送った。翌二十日午前、入道は鷺山から三里ほど東、鶴山に陣を構える。その北は、稲葉山より高い百々ヶ嶺が控えている。

辰の刻、義龍勢が大川南に布陣すると、入道勢も鶴山を下りて、大川北岸から中ノ渡に出陣した。入道方二千七百、義龍方一万七千五百。義龍公も兵を率いて川を渡り、入道の本陣正面に、交わす言葉が聞き取れるほどの距離まで近づいて陣幕を張り、正面切って向き合うことになった。双方の強の者が出て打ち合った後は、互いの槍衾《やりぶすま》が犇めく叩き合いの応酬になる。多勢に無勢。やがて義龍公の槍衾が、どよめきとともに入道方の槍兵を押しに押し、叩きつけられた入道の槍方がついに崩れると、鉄砲・弓兵も総崩れとなって、西南に向けて散り散りに敗走した。信長は誰から知らせを受けたのか、すでに大川下流尾張川も越えて大良の東蔵坊に陣を構えていたのだ。斥候の知らせを受けていた入道五男玄蓄利尭らも、信長の陣に向けて背走し合流を果たした。

一方、人の話では、入道は信長の陣とは別方向、中ノ渡から九里ほど離れた小野に退き、さらに川に沿うて逃げ落ちようとしたという。おそらく、義龍公の兵を信長攻めから分散しようと謀ったのだろうとつやは思う。しかし土手の上で、道利殿の嫡男、入道の孫の忠左衛門道勝に捕まった。修羅のただ中、道勝は入道を生かして、義龍公と仲直りさせせんとの決心で、戦場に出てきたのだ。

「私が和睦願いまするゆえ、お屋形様の陣にお入りください」

入道はそれには答えず、槍で突きかかってきた。実戦はともかく、入道はかねてより、槍の使い手とのふれこみだった。長井への仕官も、大道での商いの際、紐に付けた銅銭を揺らし、竹槍の穂先を銅銭の穴に突き通す芸が発端と、つやは誰かから聞いたことがある。ところが、忠左衛門を突いた槍は、なぜかひどく外れたというのだ。前かがりになった入道を、忠左衛門が組み押さえたところへ、上尾張の国人、小牧左源太が駆けつけて、後ろからはっしとその足を槍で払った。さらに身を縮めるようにして前に廻ると、すばしっこく道勝に入れ替わる。しころをはね上げて刀をあてがい、上に向けて押し込み、思いきり右に引いた。夥しい血が噴きだし、入道の体はがっくりと前のめりに左源太にのしかかってくる。熱くこみ上げる痛みに堪えて、入道の首は少し上向き、稲葉山に眼を向けようとしたという。すでに心はもうそこにはなかったろうが、入道の目前には、彼が死に追いやったという義父の姿が浮かんだだろうか。一瞬のおののきの後に、がっくりと首を垂れ、体ごと左源太の腕の中に崩れ落ちた。あまりの事態にたじろいだ道勝も、ことの次第を呑み込むと、そのまま介錯で首を掻く。いつも陽気な笑いと、よく通る話術で魅了していた祖父。心ならずもその祖父殺しの下手人となった道勝は、どんな思いで、入道の亡骸を抱き抱えていたのか。入道が亡うなった後の戦場は、一緒に死にたい者がなだれ込み、目も当てられぬ修羅場に変わった。時に入道六十三歳。つやにとっては、前夫に続いて入道も、胸騒ぐ惨めな死にように終わった。幾年経とうともしれぬのに、今も昨日の如く蘇ってくる、愁いも晴れぬ悲痛な記憶だ。

義龍公は馬鹿な男ではないし、戦も巧い。かねてから、岩倉城主の伊勢守父子とのあいだで、逸る信長勢の尾張川越えを黙認し、美濃に足を踏み入れたところで退路を断ち、一気に攻め滅ぼす手筈を固めていたのだという。信長は、二千ほどの兵を集めて、尾張川を舟で越え、大良の戸島東蔵坊に陣を構えていた。一方、伊勢守父子は、清洲近辺下之郷を焼き払い、戦を疎む下の郡の衆も応じた。調略は山城入道このかた美濃衆のお家芸で、この戦術も、かつて美濃攻めする信秀に対して、入道がとった策と同じだ。驚くべきは、あまつさえ信長を取り逃がし、僅かの留守居を置くばかりの清洲城の攻略も、狙い定めていながら果たせなかったことだろう。大川の戦勝の後、義龍勢は続いて、大良口の信長の陣所に出撃する。すんでのところで、いち早く入道討ち死にの報を得た信長は、ほうほうに兵を払って追撃を凌ぎ、玄蕃利尭・道空殿らも伴って、辛うじて清洲城に逃げ帰った。信長がうまく逃げおおせたのは、入道や信長に味方する上尾張衆も多く、伊勢守父子配下の結束が乱れていたからだという。

その後も義龍公は、しばしば尾張攻めの機会を狙っていた。その年、失敗には終わったものの、信長と腹違いの兄弟を美濃側につけて、今一歩で清洲城を乗っ取るところまでいった。八月には、ついに信長の弟、末盛城主勘十郎信勝も調略した。あの頃の信長は、入道を助けるどころか、佐久間一族や濃東の与力を除けば、数百ほどの兵しか集められぬ、さながら野武士の如き者に成り下がってしまっていたのだ。実際なぜこの時、清洲城が落ちなかったのか、今もってつやには不思議だ。こういう時の信長の断は確かに素早い。弘治三年八月、今といささかも変わらぬ果敢さで先手を打った信長が、義龍公に呼応した勘十郎信勝を、おぞましい奸計を弄して謀殺したのだ。自身の病気を装い、母に和解を請われて見舞いに訪ねた弟を殺めた信長の手口は、義龍公の弟殺しをそのまま真似た策略だった。美濃では、歴代の土岐守護家が兄弟を殺し、父を蟄居に追い込んだのだと聞く。山城入道も義父を殺し、その子義龍公が今度はその父を殺した。結果として、直接手を下したのも、入道の孫忠左衛門道勝だ。尾張では、気性の激しい弾正忠家ですら、今までにそんな修羅場のあったためしは聞かない。尾張の戦国も、ようやく美濃に追いついたかのようだ。時を合わせたように、岩倉伊勢守家でも父を追放した嫡男が伊勢守家を継ぎ、それに乗じた信長は、従兄弟で犬山城主の信清を味方に引き入れて伊勢守家を攻め取った。義龍公が、信長の岩倉攻めを放置したことも解せないところだ。そのまま伊勢守家が信長に下ってしまえば、畢竟揖斐川・尾張川・木曽川川筋のつながりが絶たれ、美濃にもたらされる筈の富の多くが、潰えてしまうやもしれぬのだ。

訝しくも、義龍公の奉行らは、相変わらず尾張のことなどには目もくれず、西にばかり目が向いていたのだろう。たいがい濃西の者や、畿内から来た者ばかりで、幕府・江南六角などと結び、都への関与策にのめり込んでいった。

弘治元年、入道との戦の最中、義龍公は、落ち目の将軍や公家に寄進して、治部大輔に任官した。そこまでは、美濃主と認められるがための策とも覚えるが、正妻近江の方が病没するや、いかなる権威づけを求めたのか、今となっては有名無実の、幕府相伴衆の座を得んとして、公家一条氏に金品を送り妻に迎えた。さらに男子が生まれるや、長男喜太郎龍興を庶子扱いにする。龍興との血のつながりを疑ってのことだろう。あいにく翌弘治二年、生まれたばかりの嫡男男児は早世し、翌年には正妻一条殿まで亡うなってしまう。入道は人の器を見抜き、義龍公にはあらず、信長を選んだのだろうか。義龍公が、弾正忠家を攻め取ろうという志を忘れて、都や近江の取り沙汰に目が眩み、尾張をゆるがせにしていた間にも、信長は上尾張伊勢守家の本拠岩倉城下に放火し、城を数ヶ月包囲して落城させると、今度は尾張守護斯波氏も追放して、尾張の半分以上を支配下に置いたのだった。

十三、今川義元

尾張でも、知多に通じる、鳴海・笠寺・大高・沓掛は、山口某が寝返って以来、今川領に留まり、あまつさえ弘治元年には、津島とは目と鼻の先、蟹江城も今川に奪われてしまっていた。知多から津島に至るまで、今川の脅威は増すばかりで、尾張はもとより、美濃にとっても、他人事ではなかったはずであるが、敵の敵は味方とばかりに、義龍公は、弾正忠家滅亡のためには、今川の津島湊への介入さえ許す気だったのかもしれない。義龍公の心はそこにはなかった。永禄三年、江南六角に娘を入輿させると、義龍公は、その年の十二月には六角に加担して江北に侵入。刈安尾の地に築城すると、翌年閏三月、浅井の陣を側面から襲った。六角はそれより以前から、勝ったり負けたりの、都や近江の奪い合いに関わり、国力の無駄な消耗に苦しんでいる。そんな戦いに合力することにどんな利があり、美濃衆もまた、何故義龍公のそんな所行を許すのか。入道が、常々関わらぬよう戒めていた戦そのものと、つやは眉を顰《ひそ》めて話を聞いた。美濃主は入道が目指していた志から遠く離れ、禍々しい世界に身を置いて、美濃の統治を疎かにしていた。

それに比べれば、津島と尾張の権益を守るという信長の戦略が、兵の心を鼓舞するのは明らかだった。信長は今川に対峙し、鳴海城を、丹下・善照寺・中島の三砦で、大高城も、丸根・鷲津両砦を付けて包囲し、兵糧攻めにしたのだ。このままでは今川方の二城は落城する。大国今川も放置すまいから、その分危険でもあったが、あろうことか、永禄三年五月、信長は、二つの城の後詰めに、二万の大軍で尾張に押し寄せた今川義元公の本陣を、二千ほどの兵で攻めて、討ち取ってしまったのだ。以下がつやの知る限りのことの顛末だ。

永禄三年五月、今川義元公は、二つの城の後詰めと、さらなる侵攻を狙って駿府を発ち、十七日夜半には、五千の兵と共に沓掛城に入った。先発の五砦に対する攻撃が目前に迫る中、尾張側も後詰めが無理なら、鳴海・大高の城は諦めて、五砦を払わねば、兵は討ち死にする他ない。されど信長は、何故か砦を守る将に、なんの指示も与えなかった。十八日夜の評定では、「砦を払うは必定」との忠言を受けたが、取り留めもない雑談に終始して、呆気にとられて、何も言えないでいる者らを、そのまま黙って帰してしまった。信長は、付け城の兵を囮に使う、酷い策略をもって今川軍を分散し、自分は少数精鋭で、今川本隊に的を絞って攻撃しようと、勝手な戦略を立て、その実行を決めこんでいたに相違ない。まさかこんな賛同を得られぬ筋書きを、事前に家臣達に言えるはずがあるまい。見殺しにされる砦の兵や、その家族はたまらないが、信長は自分も死ぬ気で戦うのだから、他も同じようにすべきだと考える。義元公は大高城に兵糧を入れて、五砦を潰す狙いだった。この地を尾張の足場として維持すれば、行く行くはその地の国人の投降も見込めるだろう。そうなれば津島の権益の一部も確保出来る。よもや信長が配下を見殺しにし、己や将兵の命を危うくしてまで砦を守り、攻撃を仕掛けてくるなどとは夢にも思わなかったことだろう。

今川勢の先遣隊は十九日未明、丸根・鷲津両砦に攻め寄せたが、信長はその払暁、湯漬けをかき込み敦盛《あつもり》を舞った後、小姓衆・馬廻衆ばかりを引き連れて、ようやく清洲城を出撃した。二千ほどの軍勢が調ったのも、佐久間信盛兄弟が守る、善照寺砦に入ってからだ。すでに丸根砦の佐久間一族五千余りは、今川の先鋒松平の猛攻によって壊滅し、鷲津砦も陥落していた。いくらなんでも、五砦の兵が、命がけで砦を守らねばならぬ筋合いはない。この時信長は、間違いなく弾正忠家存亡の危機に直面していた。この度の戦では、水野をはじめ佐治・戸田・花井など、ほとんどの知多の国人が今川方に寝返り、尾張でも弾正忠家の敗退を見越して、動こうとしない国人が大半だったからだ。無理もない。将兵の死の犠牲をこれほど強いる主に、誰が本気で仕えたいと思うだろうか。二砦制圧の知らせを得た義元公本隊は、沓掛城を出て西進し、大高城に入る途上にある。間諜の話では、義元公は大儀そうに輿に揺られていたという。

途中午の刻になって、桶狭間山という小山での休憩となった。行軍はいいが休息となると、どうしたって兵の統率は難しくなる。たとえ五千の兵に守られていたとはいえ、油断のならない国境においては、すべからく移動は速やかに行うのがいいに決まっている。沓掛城から大高城への道のりは、高々三里ほどもないのだから、休息などはもっての他のことだ。信長勢は籠城し、出て来はすまいと高を括っていたのか。いや、織田本隊二千が善照寺砦に入ったのは知らされていただろうから、思いの外の反撃を受けた丸根・鷲津両砦の攻防を知って、善照寺攻めの布陣を改めようと、行軍を止めたのかもしれない。それまで今川勢は何度も弾正忠家と戦を交えたが、義元公が率いたのはこれが初めてだ。並の将士なら、将兵のむやみな消耗をたいそう嫌う。偶発時ならいざ知らず、白兵戦などたまさかに起きるものだが、弾正忠家は違った。知多は村木の戦でもそうだったように、諸国と比べても、戦いで討ち死にする将兵の数がすこぶる多いのだ。義元公は、将として直接信長と戦うのが初めてだったから、信長の戦がどんなものであるのかを、実はあまりよく知らなかったものとみえる。誰が考えても不利な山裾からの攻撃など、よもや仕掛けはすまいと考えたのも、ありがちな憶測ではあった。

織田勢は昼頃、善照寺砦に佐久間の兵五百余を置くと、引き止める者には目もくれず、中嶋砦を経て、二千の兵で義元公本隊のいる桶狭間山に向かった。そのままでは、信長の寡兵ぶりが敵の物見に丸見えだ。信長に煽られた中嶋砦の者は、無謀にも今川軍の本隊前揃えに攻撃を仕掛け、信長本隊行軍の目眩ましに出た。五十の将兵の討ち死にを引き替えにして、信長の兵二千は、今川勢の追撃も受けず、昼をやや過ぎる頃には、義元公本隊のいる山際に達した。さらに、僥倖は続く。前触れもなく黒雲が空を覆い、地面に暗い影を落とすと、突然大粒の雨が、激しくつんざくように地面を叩き始めたのだ。木々をも揺らす豪雨で、辺り一面が暗く烟《けむ》る。幸いにも風雨は西風で、信長勢には追い風、今川勢には向かい風。織田軍はこれに乗じて、山裾から尾根に向けて密かに兵を進めた。信長の兵二千の中には、当人を除いて、将と言える者は一人もいなかったが、むしろそれが逆に、信長勢の強みになった。どれほど山裾から山頂への攻撃が危なっかしいものであるのか、よく知る者が少なかったからだ。やがて雨もおさまり空が晴れた直後、信長は、数百ずつにまとめた兵を、四方の山裾に配置して、義元公本陣に向けて出撃を命じる。翻った信長は、直ぐさま己の馬廻りを集めると、濡れた鎧の雨水を払って槍を構えた。「すわっ、かかれ」との大音声を発して真っ先に走り、義元公の本隊を襲ったのだ。

豪雨で行軍のひしめきや足音はかき消され、義元公の兵五千は、信長勢が小山に近づいていることすら、まったく気づかなかったと見える。それでなくともむらむらする湿気だ。鎧の下は汗で充満している。加えて雨に打たれて無惨に濡れそぼつ身体を持て余し、兵の列は大いに乱れていた。そこにいきなり信長勢が襲ったわけだ。とても迫る敵兵の襲撃は妨げられない。半分ほどは退き、前に槍を構えた者も、気ばかりが焦る。勢いづく敵の攻勢に圧倒され、次々になぎ倒されていった。槍・白刃が乱れる中、義元公は、三百騎に守られて、騎馬で東側の麓に退却したものの、信長の馬廻りが直ぐに追いつき、供回りともども討ち取られて果てた。

誇り高い信長には、今川のやり放題の蹂躙《じゅうりん》や、大高と鳴海の城の回復も叶わぬ敗北など、屈辱を受け入れる気持ちはさらさらない。そんなことがあれば、いずれじり貧の弾正忠家は見捨てられると、決死の賭けに出たのだ。まさか直前までは、義元公まで討ち取れるとは信じてもいなかったから、そのあっけなさに、一番驚いたのは信長かもしれない。

運良く今川前揃えからの追撃をかい潜り、義元公の本隊も崩して生き残れば上策。驚いた義元公が、兵を引いて尾張から退散すれば儲けものだ。再度の侵攻をしばらくは防げる。その間に、願わくは美濃を奪って、今川にも対抗出来る勢力を築くのが、信長の企てた戦略だった。それが今、今川の当主義元公を討ち取ったとなれば、当分の間、今川は、尾張攻めはおろか、領国経営にも支障を来す。海を持たない甲斐武田にしても、駿河を侵せば湊も確保出来るのだから、甲斐・駿河の同盟がいつまでも安泰というものでもなかろう。機を見るに敏な者ならば、この好機を逃すはずはなかった。案の定、桶狭間山の勝利で、尾張にあった今川方の城は、いずれ残らず弾正忠家に帰し、知多の国人も、再び信長麾下に収まっていく。この戦では、今川勢の主力を務めていた三河の松平も、翌永禄四年三月には今川から離反し、信長と同盟を結ぶことを決めた。

桶狭間戦勝に勢いづく信長は、その六月、尾張川を越えて、数百の兵で濃西に出撃した。六角の与力で江北に出兵していた義龍公の留守を狙ったのだが、川越え直後に迎撃され、たちまち退却した。敢えて作付けの始まったばかりの田畑を荒らすのが狙いの、将として相応しからぬ無分別の狼藉で、美濃の人心を掴む意図などは少しもない。続く八月にも侵入し、この時は収穫物を奪い田畑をなぎ倒した後、火を放とうとしたところを、美濃勢に撃退された。

盗賊紛いのこうした攻撃が続く限り、信長が美濃衆の信頼を得られる筈もない。当時川筋を差配する川並衆の大半も信長を見限り、入道の長男長井道利殿の配下にまとまっていく。信長は入道の遺志を継ぎ、美濃・尾張の一元支配を宣言したかったはずである。気ばかりは急いても、国を奪い取るのはそんな生やさしいことではない。尾張に比して石高も産物も兵力も勝る美濃に対しては、まだこの時分の信長には為す術もないとて、相も変わらぬ虚けた空戦に明け暮れるあり様だったのだ。

そんな狼藉に加担せざるを得ないつやは、何かせねばと逸る心を抑えきれず、密かに、濃東川筋に関わる上尾張蓮台の森可成殿に使者を送り、長井道利殿への取り次ぎが出来ぬものかと、今川の尾張攻めが起こるよりもずっと以前から、相談を持ちかけていたのである。

十四、長井隼人佐道利

長井道利殿は山城入道の長子である。入道と道利殿が反目した天文二十三年暮れに、入道への取りなしを頼まれて以来、つやと道利殿は、双方の使者が取り次ぎするつながりを保持していた。尾張帰還後に双方の使者は途絶えてしまっていたが、森可成殿への申し入れが実り、永禄三年の初めには、すでにつやの元に、道利殿の使者を通じて、尾張と道利殿の和睦と、甲斐への取り次ぎの話が寄せられていた。尾張に取っては渡りに船だ。道利殿にとっても、美濃を流れる川の下流と津島を押さえる、弾正忠家と敵対するのは交易上得策ではなかろう。実は道利殿の挙動は、美濃中原からも見張られていたが、道利殿は身を捨てる覚悟で、数人の従者と共に、尾張蓮台の森可成殿の居城に乗り込むことを約した。桶狭間山で義元公が討たれた翌年の永禄四年正月、つやも同席して四兄妹は再会した。

見《まみ》えの席でも、勝ち気の帰蝶は、早々に道利殿に向かって詰問を浴びせかけた。

「たとえ濃東・尾張・甲斐が和睦したとして、その後の義龍公を除く策は、本当に実現出来るのでしょうか」

帰蝶の言葉には、詰めるような恨みを込めた響きがあり、道利殿は、初めから受け身に回っている。道利殿が帰蝶の母方可児明智城を攻め取り、父を死に追いやった張本人なのだとすれば、無理からぬことなのである。直接の言及ではなかったが、道利殿は口ごもり、つい尋ねられたこととは違う言い訳が口をついた。

「わしの所領は、元来は下有知の安桜山城や志津野の志倉城など濃中にある。それが、持是院大納言斎藤正義を追って烏峰城も攻め取って以来、濃東も治めることになった。帰蝶には相済まぬことになりもうしたが、よく考えてみれば、入道に為す術もなく使われていた義龍の身の上も哀れという他あるまい。最早入道も討たれ、放置すれば濃東も尾張に奪われかねぬとなれば、不本意ながら、美濃主義龍公に味方せざるを得なかったのだ」

言うなり、帰蝶の眼差しを避けて、話ありげにこわばった顔をつやに向けたが、気を揉むつやをよそに、帰蝶は道利殿の引け目に乗じて、表情を和らげることもなく迫った。

「当たり前ですね。木曽川筋の私の母の実家可児長山城や、川筋に根を張る明智の根城もみんな奪い、かつて斎藤持是院家が支配していた濃中・濃東の経営を悉く握り、義龍公にも属さぬ独自の勢力を築きあげる好機を、まさか見逃す兄上ではありますまい」

道利殿は宥めすかすような口調を続ける他ない。

「そんな野心からではない。義龍公側についたとはいえ、美濃主とその奉行どもは、示し合わせたように、濃西・江南・果ては公方に関与し、その目はすべからく畿内に向かっとる。美濃の豊かさの源泉も知らず、ただいたずらに浪費するそんな者らに、むざむざ濃中・濃東の富を渡すわけにはいくまい。川筋のもたらす益は、昔と比べてずいぶん翳り、美濃・尾張の百姓・地下人の気持ちが、じわじわと美濃主の元を離れていくのは、わしにも十分分かっとった。潮目が変わったのだ。山城入道敗北後、上総介殿麾下に入った美濃衆の調略で、木曽川筋の川並衆は、尾張につく者も日に日に増えとる。上総介殿の母方も明智の流れ、その室も明智じゃ。上総介殿についてった者の中でも、新五郎利治は、明智の郎党瀬田の子でもある。そうではない玄蕃利尭までが、今では新五郎を頼り、ともども上総介殿配下。その上総介殿が、山城入道の家督名代を、新五郎に委ねると言うのであれば、新五郎が将の器とはわしも承知じゃ。利尭共々、新五郎に従うことにやぶさかではない」

森可成殿や新五郎利治は、黙りこくって聞いているばかりだった。美濃攻略のためにも、ここは言葉を選び、一時でも道利殿を味方につけるのが早道だと、つやは確信している。あらためて、道利殿と帰蝶をかわるがわる見つめながら、用心深く気まずさを払い、入道正妻の立場で、道利殿と信長の取り持ちを謀らねばなるまい。つやはことさら落ちついたそぶりで、ゆっくりと口を開いた。

「まさか、それは有り得ぬこと。短気な信長は、攻め手がないと見るや、恥ずべき戦も辞さぬゆえ、美濃衆の心には届かぬのでしょう。その間に、律儀な隼人佐殿が、川筋の統治に力を注ぎ、川並衆の気持ちを掴み取っていかれたまでのこと。私はよく存じております。甲斐武田に両属する濃東遠山殿を通して、晴信公と尾張が和睦叶うたのも、隼人佐殿の取り次ぎを頂けたればこそ。私は心より有難う思うておりまする」

兄弟が膝を付き合わせて話しているのだから、自ずと信頼は深まるはずと、つやは信じてはいても、まさか、濃東の相続をこんなところでまとめられるはずがないではないか。

道利殿はあいまいに頷くそぶりをして続けた。

「入道が討ち死にした時分の甲斐は、越後との戦いや、旱魃・長雨で、濃東に援軍送るゆとりなど皆目なかったというが、今は違う。今川義元公が桶狭間山で上総介殿に討たれるよりも前から、わしは尾甲の仲を取り次いどった。甲斐や尾張との同盟や連携を求めるのも、ただただ戦を終わらせたいがため。ゆめゆめ己の覇権を考えてのことやない」

それを受けてつやも言葉を繋いだ。

「私はその言葉を信じます。本当に戦を為し、死者をたくさん見届けてきた方々ならば、心底戦いに厭《あ》き、和平を願うのが当たり前でしょう」

道利殿の話の眼目は予想通り、尾・甲仲直りの後に、濃・尾・甲三国同盟を目指すにある。

「義龍公は、龍興を廃嫡した後に我が子を喪うて、今は後継がござらん。美濃の過半を制するわしが、新五郎を立てて川筋をまとめや、義龍公は譲歩か退散か没落か、いずれかを選ぶまで追い込まれよう。義龍公の奉行衆は新興の者も多く、古来よりの美濃衆からは嫌われとる」

美濃中原の継承を、本気で新五郎利治に委ねるというのだ。それでも帰蝶は反発した。

「父入道は、美濃・尾張・伊勢は一元支配するのが肝要とのお考えでした。濃甲尾の三国同盟では、一時の和平は叶うても、やがては覇権争いになりましょう。今のままなら、国力に勝る美濃・甲斐に、いつの間にか尾張が服することにもなりかねません。新五郎の立場も定まりますまい」

「甲斐は信濃と合わせた国力。美濃も分断されて一つやない。尾張の一元支配もほぼ叶い、新五郎も今は上総介殿の配下。信濃同様、国人が割拠する伊勢も、地の利に勝る上総介殿が制し、自ずと覇者となるは必定と存ずる。新五郎はどう思う」

道利殿はふいに新五郎利治に言葉を向けた。利治は若いが思慮深く落ちついていて、物言い・物腰も柔らかだ。しかし無論気弱な男ではない。父入道に似た人なつこい笑顔を保持しながらも、要を外さぬ質問を投げかけた。

「今の私は弾正忠家に仕える身ゆえ、私の進退を決めるは全て尾張主です。兄上がその私を美濃中原の主にしても良いとのお考えなら、いっそ美濃主を尾張主に委ねてはいかがでしょう。ただそうなった時、美濃中原に匹敵する支配地をお持ちの兄上の立場は、どんなものになりますのか」

「新五郎が斎藤宗家を継げば、元来長井の家はその配下ゆえ、わしは新五郎の家臣。美濃はそれでまとめられる。ただ五年先も見越せん今は、出来ることを、一つずつこなしていくしかわしには分からん。上総介殿にとっても、とりあえず、濃東・尾張・甲斐の和睦は損にはなるまい」

「なれば、隼人佐殿のお考えを、そのまま上総介殿にお伝えすることにいたしましょう」

と、つやが受けた。道利殿は少しほっとするように頷くと別の話を始めた。

「わしが義龍公との敵対にまで踏み込んだのには、実は他にも事情がござる。最近、甲斐から土岐の菩提寺崇福寺に戻られた快川和尚は、わしの永年の知己。妙心寺東海派の本寺瑞龍寺を支える重鎮で、妙心寺派の道場を輪番で守ってきた。義龍公は、入道ゆかりの法華宗常在寺を菩提寺にする気もないが、天下国家を論じ山城入道との親交もあった妙心寺東海派を酷く疎んじとって、崇福寺や瑞龍寺に入る気もなく、わざわざ京都から、同じ妙心寺派ながらも系統の違う、亀年派の僧侶を迎えて、城下に伝灯寺を建立し、師檀の約を交わしたという。そこまではまだよかったが、年が明けるとすぐ、勝手に伝灯寺を美濃妙心寺派の本寺にすると決めたんじゃ。義龍公の行いは、法門の自検断・自治へのあからさまな介入じゃから、さすがに快川殿も怒った。輪番の美濃・尾張の東海派僧侶全てが、一斉に瑞龍寺を出て尾張に退散し、本山妙心寺に訴え出た。妙心寺の対応も早い。三月には伝灯寺の僧侶を除籍したが、それでも義龍公は諦めん。禁裏に大枚積んで、伝灯寺を禁裏の勅願寺にする綸旨をもろうた。少林山伝灯護国寺の誕生じゃ。あくまで快川和尚、ひいては山城入道にも楯突く義龍公に、わしはつくづく嫌気がさした」

道利殿が義龍公とその側近を追放せんと画策し、兄妹弟が見えた直後の永禄四年閏三月。義龍公が江南六角に再び合力して、江北浅井攻めの出陣をしたのが、そのわずか二ヶ月後のことだ。義龍公が陣中で倒れ、たぶん卒中であろう、そのまま没したのだ。義龍公の奉行衆は、慌てて廃嫡されていた十四歳の龍興の家督名代を表明した。当然美濃の統治はがたつく。好機到来とばかり、信長はすかさず尾張川を越えて濃西勝村から美濃に侵攻した。

しかし、戦慣れした美濃勢に勝てぬのみか、美濃勢の結束はむしろ進んだ。義龍公の死去を受けて、道利殿も、龍興との和解を模索し始めた矢先のことである。道利殿は、信長の攻撃にはなんの名分もないと怒ったのだ。道利殿の考えでは、美濃の統治は美濃の内で決するのが筋であり、未だ尾張もまとめきれぬ信長が手を出すことではない。道利殿は龍興方で参戦し、いずれの戦いでも、いつもと同様信長方は敗北した。が、ただ一つ揖斐川・犀川・尾張川・境川と大河が集まる要所、墨俣城を攻め取ったのが大きかった。京に運ぶ荷を牧田川につなぐ川湊だ。鵜沼に下る筏、益田川を下る筏、残らず墨俣で集めて牧田川を溯上し、養老の表佐まで運んで、そこから東山道に上げる。墨俣は鎌倉街道の宿場町でもあるゆえ、そこから陸路で運ぶ荷もある。もともと墨俣城は美濃守護代斎藤帯刀家が守ってきた交易の要だった。そこを信長が押さえたとなれば、美濃太守はもとより、道利殿の益も脅かされかねない。当然ながら道利殿は、墨俣城の美濃主への返還を要求する。信長は入道の国譲り状を盾にしているが、道利殿はそんな言い訳が通用する相手ではない。

さらに事件は連鎖した。今度は道利殿の同盟者、濃北郡上八幡城主が、出先の美濃中原で突然死去したのだ。当主を不意に喪った八幡城では、やはりまだ十三歳の嫡男が後を継ぐ。その頃の郡上も、ご多分に漏れず、相続を巡る戦いが頻発していた。若い当主では守りきれぬと、家老達は、正妻が病没した後、未だ正妻を持たぬ道利殿に、死去した前当主の後家を娶ってもらい、当主の後見を頼んだのだ。それによって、道利殿の支配地はさらに大きく広がり、今や美濃中原と濃西を残すのみである。美濃の過半を制する道利殿は、信長にとって最大の脅威。だからといって、甲斐の武田と結ぶ道利殿と、にわかに事を構えるのは難しかろう。信長は、つやにも関わる別の戦略を立てていた。濃東の遠山は、道利殿と甲斐武田に両属している。その遠山一族に、つやと信長の妹を室に送り込もうというのである。つやの相手は、本家岩村の遠山大和守景任。信長の妹は、景任の実弟の苗木城主のもとに嫁いだ。つやは、遠山にとってかつての主家、山城入道の後家でもあるゆえ、それを娶るからには、弾正忠家はもとより、美濃主家に対しても甲斐武田以上の忠誠を求められるわけだ。信長は道利殿に二つの取り次ぎを頼み、その引き替えとして龍興に墨俣城返還を約した。弾正忠家流の荒っぽい戦ばかりでは埒があかない。閨閥作りも調略も、入道流の智恵を借りるべしと、信長はやっと思い至ったのだろう。信長から景任殿へのこの婚姻申し入れを、つやも黙って受け入れたのである。つやももう若くはない。これまで二度嫁いで、一度も子を成さなかったからには、おそらく産まず女なのだ。聞けば景任殿にも子がないという。景任殿はつやより若くて男盛り。つやが譲って嫡男を得るための尽力も必要となろう。そこは弾正忠家のために、自分が恥をかくまで。婚姻はただの形に過ぎないとつやは割り切っている。

永禄五年二月、信長は龍興と講和し、墨俣城を美濃に返還した。

十五、織田信清と斎藤新五郎利治

つやは、遠山に嫁した後も、山城入道正妻にして、信長の姑としての処遇を受けていた。

そのつやに会うために、信長が岩村を訪れたのは、永禄四年から八年後、同十二年八月のことである。その八年の間に、信長を巡る情勢や立場は、目を見張る変貌を遂げていた。信長が上洛して、天下人と呼ばれる地位を獲得したのだ。しかし、その八年間にも募る話は山ほどある。

永禄五年、美濃との講和の後も、尾張が、弾正忠家の家督を継ぐ信長によって、全域支配が、簡単に達成されたわけではない。弾正忠家の内紛が一つ残っていた。信長の従兄弟犬山城主信清である。信清は、当初より信長に対抗せんと考えていたのではない。つやの知る信清は気が小さくて、とても信長の覇に抗うような男ではなかったと覚える。親の代から続く領地を巡る軋轢で、信長との確執を抱えていたが、代替わりの際、信長の妹を室に迎えるなどして凌いだ。むしろ、信長とうまくやる道を探りつつ、必死で自家の存続を謀ろうとしていたのだが、共に戦い上尾張伊勢守家を滅ぼした後の、領地の分与を巡って再び溝が生まれた。その上、永禄四年四月の美濃侵めは、信清にとっては不本意なもので、信清と気持ちを分かち合うていた弟まで、喪ってしまったのだ。信長にはその時の恨みもある。

それでなくても、美濃から尾張へと巡る網の目の川筋は、容易ならざる交易の歴々を湛えている。境川沿いの犬山城を相続する信清は、弾正忠家の出ではあるが、父の代から、上尾張伊勢守家の扶持を受けていた身だ。美濃の川筋衆は、鵜沼にある内田の渡しで、対岸尾張犬山の船や筏師達《いかだし》に荷を引き継ぐ。犬山は、墨俣にも比肩し得る大切な川湊なのだ。そんな理由もあって、上尾張の国衆は、美濃の川筋衆との結びつきが強く、反下尾張の気概も持っていた。信清は伊勢守家を裏切り、下尾張信長についたことで上尾張衆の反発を受けている。大川の合戦以降、にわかに信長配下となった濃東出自の美濃衆や、川筋上流を押さえる長井隼人佐道利殿も絡んで、上下に挟まれた境川筋で荷を受ける、犬山城主の立ち位置は不安定で危険にも晒されていた。それに乗じて、美濃中原の龍興家老日根野弘就が信清を焚きつけ、調略を仕掛けたのである。その噂が信長に漏れた。「信長に疑われてしまったら、最早身の置き場がない。もう引き返すことなどできぬ」などと、信清は捨て鉢の気持ちになって、いっそのこと美濃中原に降ってしまう気になったのだろう。しかし、信長や道利殿に対抗して、信清が美濃側につけば、旧伊勢守家の支配地、丹羽郡・葉栗郡を押さえる信清の勢力は、侮れぬものとなる。信長にとっても、そんな情勢からの丸八年だったのだが、そこから目眩く形勢の変転が始まり、つやにとっては瞬く間の内に、信長は、美濃・尾張主となり、それればかりか、ついには天下に覇を成す者になった。

「今の上総介殿のお力がどれほどのものか、私には到底思いもよりませぬが、美濃攻略があれほどの難事だった時分から考えると、私にはこれが現《うつつ》の出来事であるとは、今もって信じられません」

「永禄四年、義母上に無理をお願いして、ここ遠山にご入輿いただきましたことが、転機となりました。翌年正月、三河松平の伯父、知多水野の仲介を得て、松平嫡男に娘を嫁がせることを約したのも、義母上のご助言があったればこそです」

「あれはそもそも、山城入道が、弾正忠家に対して取った策の真似。勝った負けたの戦のみでは、兵も国力も無駄に失うばかりです。同盟には婚姻が一番とは、山城入道の常々の口癖。入道とも知己であった水野殿が、実は元康殿の伯父にあたる方とも聞き及んでおりました。ただ、三河とは同盟し、和議が進みつつあった美濃には力攻めというのは、いかがなものでしょう。楽田に程近い小牧山城に築城なされた時も、私はてっきり上総介殿の戦略は、尾張の一統と思っておりましたのに、そのまま美濃攻めに向かうとは驚きました。尾張との同盟を進めておられた道利殿も、まったく面食らったことでしょう。道利殿は日根野弘就などと結ぶ信清を、支援する気持ちはまったくなく、上総介殿との和議を重んじて、犬山を越えての尾張侵攻を、思い留められたのです。道利殿の落胆も、さぞかしと思いやられます」

つやが信長を詰《なじ》っても、己の話を続ける信長は、耳を貸すそぶりも見せず、話し続けた。

「六千を集めての美濃攻めも、迎え打つ美濃勢三千に歯が立たず、見事粉砕されましたが、その時分もまだ、美濃中原を牛耳っていた日根野弘就は、戦いには強くとも戦略はさっぱりの男です。龍興の母が浅井ゆえ、江北浅井と同盟しようと謀ったというから笑います。同年、浅井は逆に美濃攻めしとる。義龍が浅井攻めの陣中で死んだゆえ、今度はお返しに浅井が美濃を攻めるのも、理があると言うべきでしょう。すでに私は妹の輿入れを約し、浅井と同盟を結ぶ手だては進んでおりました。この時は六角が美濃に呼応し、浅井領を侵したため、浅井は美濃攻めを諦めて退散しましたが…」

「上総介殿や浅井が美濃に攻め込んだその年は、美濃も尾張も凶作で籾に実が入らず、餓死者も出ましたゆえ、凶作に乗じて隣国を攻め、田畑を踏みにじる振る舞いに、道利殿はひどく立腹されたのです。民の心を掴まねば、美濃の支配は叶いますまい」

つやの言葉にも力が入って、信長もいきり立って顔を背けた。色が白い分、顔は紅潮し、怒りがすぐに伝わる。

「美濃中原の支配を巡っては、すでにその時分には、不満が満ち溢れておりました。道利が美濃の実権をあまねく押さえる半年ほど前、竹中半兵衛重治が、舅安藤守就と謀って、稲葉山城を奪ったではありませんか」

「知っています。でも実は、重治は山城入道が好きで、この時の騒動も、龍興公の美濃当主としての実権を打ち立てることが狙いだったと聞き及びます」

かまわず反論するつやに、無表情を装う信長の見返す眼差しはしだいにきつくなっていった。道利殿へのむき出しの敵意も、募ってくるようだ。

「さりとも、逆に龍興の権威は失墜し、難攻不落の稲葉山城も、内側から潰れかねぬ危うさを諸国の前に晒しました。半年後の八月、得るもの何一つなく、重治と守就は龍興に稲葉山城を返し、龍興は美濃主に復帰したかわり、当の二人は処罰も免れたというわけです。重治は江北に没落し、巡り巡って今では私の麾下におります。道利が帰参し中原に居を構えたことで、逆に道利の本拠、安桜山城・鳥峰城による濃中・濃東の支配は手薄になった。美濃を攻めあぐねていた私にしたら、まさに好機の到来です」

感情の起伏の激しい信長は、すでに気分を直していて、上機嫌で話の先を続けた。

「道利が中原に拠点を移せば、濃東につながりのある新五郎利治や、森可成を使った調略も進みました。時の勢いとは恐ろしいもので、美濃の弱さが露呈して、甲斐の武田も動く。すでに尾張と甲斐の和睦は叶い、美濃・甲斐に両属する濃東遠山には、義母上と私の妹が嫁いどる。晴信はあえて美濃にはあらず、私と濃東遠山の申し入れを受けいれて、尾張との結びつきをより強固にするために、遠山からの娘を、四男勝頼に嫁がせることに同意しました。道利が進めた濃尾甲同盟の主軸は尾甲に移り、道利の戦略は綻びたのです」

「実務には秀でていても、乱世の舵取りには向かない道利殿の性格を、入道は見抜いていたのでしょうかね。でも、道利殿は己の器量をわきまえていて、決して大きな野望は持たなかった方と、私は確信しております」

永禄八年夏、信長は、境川筋犬山城の対岸二城の攻め取りを謀った。道利殿は、もともと信長の戦を尾張一統と見ていたつけで後手に廻った。堂洞城固めと加治田城攻めの兵を慌てて集めたというが、道利殿率いる後詰めの兵は、加治田勢に阻まれて、堂洞城まで進めない。信長は堂洞城北尾根筋から火攻めし城は落ちたという。ただその後がいけない。翌朝信長の本隊八百が引き揚げる際、後詰めの遅れた道利勢三千に、不用意にも追いつかれ追撃を受ける。相も変わらず、弾正忠の戦は、将兵の死者が際立って多く、数十人の手負い・討ち死にを出しながらの撤退であった。続いて美濃勢は加治田城を攻めたが、新五郎利治率いる五百の後詰めは勇猛果敢で、城を守りぬいた上に、今度は一転して安桜山城を挟撃し、抗しきれぬ道利勢は、安桜山城に続いて烏峰城も落とされてしまう。これで、濃中・濃東にあった道利殿の領地は悉く失われたのだ。信長は、新五郎利治に堂洞城の家督を受け継がせ、山城入道嫡流として、その家督名代も主張した。これで利治は、武儀郡から加茂郡にかけての地十三ヶ所、計二千百八十四貫文の宛がいを受ける城持ちとなる。

利治は兄の玄蕃利堯を加治田城留守居とした。こうなっては犬山の信清は袋の鼠だ。犬山の居城を捨てて甲斐に没落し、信長は、尾張のほぼ全域と道利殿の旧領、濃東・濃中を支配下に置く目的を果たしたのだった。

十六、斎藤龍興

「上洛後の上総介殿の勢いは、美濃攻めの時とはまるで別人でしたね」

今度は信長は怒らない。機嫌良く始めたのは、珍しくも自分の話ではなかった。今の信長には最早焦燥しか感じられないが、この頃の信長には、まだ落ちついて己を省みるゆとりもあったし、つやに対しても優しく、心を開こうとしていたのだった。

「正直に申すと、それはすべからく、義母上もよくご存じの帰蝶の従兄、明智十兵衛の働きの賜です。それよりもまだ四年ほど以前のこと、将軍目指す義昭の使者が尾張に来て、わしに上洛を促してきました。義昭が呼びかければ、義昭公供奉を名分に、美濃から伊北・江南を経て上洛しても攻撃は受けず、美濃・江北も応じて上洛の道を開ける、尾張との行き来も叶うと言うのです。半信半疑でしたが、翌永禄九年八月の終わりに上洛を目指し、美濃河野島に兵を進めたものの、はたして美濃勢が道を塞いで新加納に布陣し、またしても大雨。致し方なく、そのまま尾張に引き揚げることになりました。他領を跨いでの上洛など、肝心の将軍義昭の動座がない限り、到底叶うことではござらんかった」

信長の不用心は相変わらずのことで、ここでも激しい追撃を受けて、眩む川底に溺れる者らを尻目に、ようようの思いで逃げ帰るという、いつに変わらぬ信長の読みの甘さが出たのだ。仮に上洛を果たしたとて、たかだか当時の信長の将兵は五千ほど。京に留まるにはもっと味方を集める必要があるし、尾張に戻るにしろ、無事に帰り着くこともままならなかったことだろう。

「入道なら、美濃・尾張・伊勢の三国支配を優先したのではありませんか」

「私も美濃を経由しての上洛が難しいなら、先に伊勢攻めし、伊勢経由の八風越え・千草越え・鈴鹿越えを目指すしかないことはよく分かっておりましたが、当地の国人神戸との戦も、美濃同様頭に描くようには進まず、未だ伊南を押さえる北畠とは兵刃《へいじん》を交えることすら叶わぬ始末。ところが、永禄十年八月、濃西の国人三人衆、安藤守就らが、私に人質を出して内応しました。美濃の統治を巡る不満が因とは申せ、将軍上洛の供奉という名分が、調略に利いたのも疑いありますまい。その後も美濃勢の離反は収まらず、主力は稲葉山城に篭城し、私は南の瑞龍寺山を攻め登り、岐阜町城下にも放火しました」

「まるでお父上信秀殿の美濃攻めの話そっくりではありませんか」

信長は苦笑し、ちらりと考えるそぶりをした。今も目に浮かぶあの時分の信長の表情には、まだ人間味が残っていた。

「城下を焼き、稲葉山城に攻め登る策は父と同じでも、その時は稲葉山の痩せ尾根に、溢れんばかりの兵が雌伏しておりましたが、今度は反撃出来るような兵はまったく残っていなかったというわけです。龍興の叔父玄蕃利尭を稲葉山城内に使わして、美濃守護を追放した後は私が美濃を拠点とする考えと、山城入道と龍重・龍定兄弟の死に直接関わる、日根野弘就・道利には切腹、龍興とそれに従う者には、美濃からの退散を命ずる他は、私に下る者にはみな、今まで通りの身分・知行の安堵を約束しました。しかし龍興は殊勝にも、美濃主の自分が追放で、弘就と道利が切腹ではおかしい。自分も死ぬと言い張る……」

「龍興殿はようよう二十歳。それまでの己のあり方を超えようと、もがいていたのでしょう。道利殿によれば、父義龍公に疎まれ廃嫡された上に、義龍公横死で美濃主に祭り上げられたものの、ほとんど誰からもまったく相手にされず、政からは引き離され、戦も知らぬままに、龍興の奉行からは酒と側女を宛がわれて、何も分からぬままに時を過ごしてしまったというのです。不遇の身から、いきなり土岐や一色の如き源氏が初発に叙任される、従五位の下治部大輔の任官も得て、いずれは父もついた左京大夫、公方相伴衆の栄誉も待っている。唐絹・塗輿も許されるなどと煽てられれば、十四歳の分別では、すっかり浮かれてしまうのも無理はなし。でも、私が知る、幼時の喜太郎殿は利発な美童で、なにより山城入道によく似ておられた。孫なら似ていて当たり前でしょう。それで晴れて義龍公も、入道のお子という証しが立つはずですが、なにせ義龍公も奉行らもそうは考えん。話さずとも、心の内では、義龍公の前妻近江の方と、山城入道との間の不義を確信していたのです」

信長は横柄に笑った。

「まことに、義龍が龍興を廃嫡し、庶子扱いにした時にも、つまらぬ真似と表だって反対した者もなし。それはそうでしょう。入道も喰えん人ゆえ、義龍を中に入れて、その後に龍興を継がせれば、巧みに己の血筋を繋げる。滅ぼしたはずの入道の思うつぼにはまるわけにはいかんわけですから。竹中半兵衛と安藤守就の謀反も、龍興に対する軽視が背後にあって起きたこと。下克上が横行する時世とはいえ、血筋はやはり威力。龍興が山城入道の子と信じる者にとっては、源氏の名家惣領の世継ぎとして、従五位治部大輔の官途を得る龍興は、内心不義の噂も交えてのお笑い草でしょう。世も末と蔑みながら、表だってはちやほやと祭り上げて利用する、所詮支配のための道具に過ぎません」

「それでも道利殿が入ってからの龍興公は、見違えるように変わられたそうです」

「入道の血筋ゆえ、私とて龍興が馬鹿とは思っとらん。初めから私に下っとれば、処遇を考えることも出来たのです。まあ濃中・濃東が織田に帰し、今度はまた濃西三人衆も私に下ったとなれば、道利にとっても頼みは美濃中原と濃北・飛騨のみ。甲斐武田は道利への義理立てもあって美濃に味方し、濃東高野口に侵攻しましたが、所詮様子見以上のことはせず、兵火を交えることもありませんでした」

信長は言い捨てるなり合図をして、そそくさと立ち上がった。この日の話はそれで終わりということらしい。

龍興公は父義龍公にも増していたわしい、悲運の美濃主だったとつやは思う。おそらくまだその頃には、光秀殿の手綱が、まだ信長に力を及ぼしていたのだろう。後の信長から見れば、らしからぬ寛大さで事を収めた。龍興は、信長正室帰蝶の縁戚であることに免じて許され、道利・弘就も、美濃勢の身柄を信長に預けた後、帰順せぬ十数名と船で大川を下り、尾張川から北伊勢長島へ落ちていった。側近美濃衆の大半は身分をそのまま残して、信長家臣に繰り込まれたのである。

その少し前、信長はかねての約定に従い、長女を三河松平に、同じ九月には、信長の妹も浅井に嫁がせた。さらに美濃攻略が成ると、信長は晴信公四男勝頼殿に、遠山からの養女を送って同盟を固め、それも出産直後に早世すると、今度は長男奇妙信忠と晴信公の姫との婚姻を果たした。勝頼殿にも姪を嫁がせた。甲斐には尾甲同盟に反対する者も多かったと聞くが、それを説き伏せて同盟を先導したのは、この度つやと行動を共にして、つやに先だって信長に処刑される運命となった、他でもない秋山虎繁殿なのである。甲斐との同盟がよほど嬉しかったのか、虎繁殿が晴信公名代で岐阜に赴いた時の、信長の歓待ぶりを、つやは忘れることが出来ない。以来、虎繁殿は、武田きっての信長好きとして知られるようになった。

十七、明智十兵衛光秀

小牧から美濃への信長の居城移転が始まったのは、永禄十年十一月。焼け失せた町の再建にはさらに時間を要した。入道の築いた岐阜町城下は、惣構の内の東西に、百曲がり・七曲がりの道が走り、道沿いに並ぶのはほとんどが商家だった。惣構のすぐ外には、京につながる街道が走っている。中央南北の大道は、北の中川原から川向こうの武家町福光、鷺山から、大桑・越前に向かう。南は加納から美濃街道、間もなく境川が流れ、その先は尾張だ。

　惣構外の北・西・南のそれぞれの出入口には、中川原・岩倉・美園の市場があって榎が植えられ、諸国の文物が出入りする。惣構の内のまだゆとりがあった南側に、信長は新たに空穂屋町・新町を置き、小牧からの商人を入れた。炎上した山上の城や、西山麓の居館を新たに築く際には、その西側に家臣団の屋敷も造らせ、岐阜町惣構の内に住まう者の数も、今や一万にも達する勢いである。全て町の再建は、入道の時と同じく、岡部以言《もちとき》殿が律した。

　信長は、それまで稲葉山西麓城下のみが岐阜町と呼ばれていたのを改め、美濃中原と稲葉山全域を、岐阜と呼ばせることにする。『周の文王、岐山より起こり天下を定む』の故事に因む岐阜の名を、諸国に広める狙いだ。沢彦から与えられた印文「天下布武」の朱印も出来上がり、花押も入道の龍を真似て、至治に現れるという、麒麟の麟を表すものに変えた。天下人のかたちは、着々と調えられていったのである。

　未だ子を成さぬ帰蝶も、ついに己の子を成すを諦め、信長の長男奇妙の養子縁組みに同意した。奇妙は弾正忠家の家系には珍しく、子供ながら、惣領に相応しい風格を備えていて、器量も並々ならぬ者だとつやは見ている。修羅場を戦っている信長の、後継を決めておくのは喫緊の課題で、帰蝶にもそれは分かっていた。

実はこの頃から、信長はつとに茶の湯に凝りだして、茶道具も集め始めた。山城入道からの相続とて、帰蝶が保持していた名品の茶壺も、元をただせば、義龍公が所持していたものだからとの理屈をつけて、信長は、それを差し出せと言いだしたのだ。帰蝶は激怒したが、信長も言いだしたら後には引かない。つやの取りなしで、茶壺はそのまま帰蝶が持つことに決まり、その引き替えのようにして、奇妙の養子縁組みをつやが持ち出し、帰蝶もそれを受け入れたのである。

信長が岩村までわざわざやって来たのは、なによりもその時の謝礼に他ならない。これで弾正忠家の嫡男も定まり、万事めでたしとなるはずだった。ところが帰蝶は養子縁組み直後に産気づいて、翌永禄十一年、坊丸という、信長には珍しい、手放しの愛着を示す名を得る、男児を産んだのだ。これで信長後継の問題は俄然難しくなった。それまでの信長の子は、奇妙や茶筅・三七などというふざけたような幼名ばかりだったのに、この度の甘えたような名付けは、帰蝶に媚びを売らんとの考えか。信長は血脈を信じていて、山城入道の血筋を特別なものと考えている。それに、なんといっても信長正妻のお子であり、下手に扱えば、お家騒動の元にもなりかねないだろう。つやはその坊丸を、岩村遠山の惣領にと所望した。だが他に考えがあるのか、帰蝶が拒んだのか、信長はそれを肯んじない。

この話はもう少し後、景任の急死で急遽実現したのだが、今は信長が、この時つやに語った、明智十兵衛光秀殿の話を先にしよう。

永禄十一年年春のことだ。越前朝倉に身を寄せた足利義昭殿から、近習の細川藤孝殿・明智十兵衛光秀殿が信長の元に遣わされて、上洛の手だてが話し合われたと言う。十兵衛殿は、元はといえば可児明智惣領家の嫡男で、小見の方の甥御、帰蝶殿とは従兄弟にあたる方だ。若年から、入道の近習として仕えていたので、つやもよく知っている。機敏で利発な光秀殿は、入道のお気に入りだった。当時はまだ珍しかった、鉄砲の扱いも巧みで、教学もよくした。可児明智は、元来が将軍奉公衆の家柄である。道利殿に濃東を追われた後、光秀殿も将軍家に伺候し、その頃には、義昭殿と共に越前朝倉の扶持を受ける身となっていた。興に乗ったように信長は話し始めた。

「十兵衛によれば、公方は軟弱な方ではなく、上洛軍と行動を共にし、親征にて京に上る覚悟もあると言う。『されば畿内の国人も、お味方に馳せ参じましょう』というのが十兵衛の見立てで、やつは、私が望むことを先んじて口にするのです。『なれば、公方様には美濃へご動座いただき、美濃からの出陣が願わしゅう存ずるが、ご異存はござらんか』わしがこう尋ねると、『もちろんです。美濃は応仁・文明の大乱以来の西軍公方のご座所。この地よりの上洛が、やがて大きな意味を帯びましょう』などと、わざとらしく、訝しげなことを言う。『何の話か』と問えば、『私は、かつて山城入道様にお仕えした身なれば、妙心寺東海派の唱える天下思想や、悟渓禅師の岐阜命名の経緯なども、入道様より教わりました』『お主は、わしが目指すものが何であるかもお見通しと申すのだな』『さように心得ます』まあそんな秘密めいた話になりましたが、そばに控える細川藤孝は興味深げながらも、俯いたまま、別段怪しんだり探る様子もなく、すっかり十兵衛を信頼し、任せとる態でござった」

たった一度の会見で、光秀殿は、信長の心も掴んでしまったようだ。宜なるかな、信長は俸禄を約し、光秀殿はその後、信長随一の参謀となっていったのだ。

「公方とは、七月末に岐阜城下立政寺で対面しましたが、はたしてこの時にも、口火を切ったのは十兵衛。『この上は、いち早くご入洛をお急ぎください。私が江南左和山城に出向き、六角を説得いたしましょう。六角さえ応ずれば、その三日後にも、将軍宣下が受けられましょう』まことに、てきぱきと言葉巧みな十兵衛にかかれば、六角も応ずるかと私は見たものの、六角をよく知る義昭は、疑いを捨てん。『六角父子は、わしの従兄弟義栄を擁立した三好三人衆を信じとる』よほど六角には、煮え湯を飲まされたのでござろう。『なれば六角を攻めるまで。公方様ご親征の兵三万にかかれば、六角も三好も、最早敵ではございません。十年以上上総介殿に対抗してきた美濃も、公方様ご上洛と聞くや否や、内応する者が増え、落城したのではありませんか』十兵衛が自信に満ちて言うゆえ、黙って聞いていた私も、口裏を合わせる他ない。十兵衛は、六角と三好三人衆退散の時間を、少しだけ頂きたいと所望し、『六角を侍所所司代に任ずる』との公方の書状を持って、左和山城に向こうたが、七日間粘れども埒があかぬので、なれば六角は力攻めと決めました」

永禄十一年九月初め、信長は、美濃・尾張・北伊勢三ヶ国に三河の兵を加えた軍勢三万を率いて、足利義昭公を奉戴し、三年来待ちに待った、懸案の上洛を再開した。戦に飽いていた近江・畿内の国衆も、将軍上洛の供奉という名分を得て沸き立ったのか、十兵衛殿の予言通り参陣は相次ぎ、兵の数はたちまち五万人にも膨らんだという。十二日夕からの猛攻で、観音寺の城はあっさり落ちて、六角父子は甲賀に退散し、京では三好三人衆も、戦わずして、摂津・和泉、さらには阿波へと逃散したという。

「そんな大軍を率いて京に上るとは大したものですね。私には想像もつきません」

「洛中の混乱を収め、入れた五万の大軍の統率を見せるが肝要と、厳しく臨む覚悟を決め、洛中・洛外と将軍警護を、近江・若狭の国衆に託した後は、十兵衛ら四名を奉行に置いて、私は美濃に帰還しました。されど、じきに畿内を従えたとはいえども、こんなことで行く手に不安が失せるなどということはもちろんなく、当地の国人・領主らは、かつてあった政変の一つと、高を括っとるに相違ない。今年正月、三好三人衆が、阿波より密かに戻り、将軍座所六条本圀寺を襲いましたが、私の到着を待たず、十兵衛以下、近畿国人の力で片がつきました。ただ襲撃勢の中に、なんと斎藤龍興・長井道利らがおった。龍興側近日根野弘就は和泉が出自のつながりで、三好三人衆の与力となり、私に敵対したのです。温情が仇とはこのことです」

どうやら、洛中畿内の平定もままならぬようだが、伊勢路や近江はさらに危険だった。

「京と美濃を行き来するには、未だ靡かぬ伊勢路はもちろんのこと、近江を行くのも危なくはありませぬか」

そうつやが尋ねると、

「伊勢制圧はこれからのことです。昨年北伊勢の神戸と講和し、三七を神戸に入り婿させました。北畠から養子を迎えている伊勢の国人長野も内応し、今度は弟の信包も三七同様、長野に入れて、準備は調ったので、この後すぐ南伊勢を攻め、北畠の大河内城を包囲します」

懸案の伊勢支配には、信長にとっての名分が一つもなく、近江と同様、伊勢には、信長を狙う刺客が五万といるに違いない。入道が何故あれほど、土岐や一色の血筋や任官にこだわっていたのか、つやはようやく腹に落ちて分かったのだった。

その言葉通り、つやの元を訪ねた直後、信長は岐阜を発し、南伊勢に進攻した。北畠の大河内城を八万の兵で囲んだのだ。篭城する北畠の兵は八千。兵糧攻めでいずれの城も悉く落とし、北畠当主は滅ぼすつもりでいたという。

ところが、義昭公の取りなしが入って、開城・和睦となる。次男・茶筅丸を入れて養猶子にしたのは、三男三七・弟信包の時と同じで、その場では、信長も己を宥めて、義昭公の計らいを受け入れたかと思われた。しかし実際には激しく怒っていた。茶筅丸はまだ子供で、南北朝以来の血筋を奢る北畠父子が、成り上がりの織田を見下しているのは周知のことだ。北畠を除けなかった内心の怒りは、義昭公に向かった。和睦直後、相変わらずの不用心で、近習と馬廻り二百五十騎ばかりを供に急遽上洛し、噂によれば怒りにかまけて、叩き切らんばかりに激しく義昭公を叱責したという。さらに軍勢も調えず、そのまま慌ただしく岐阜に戻った。よくも無事に帰り着いたものだ。案の定、翌元亀元年の千種越えでは狙撃され、なんとか命は長らえたが、怪我を負った。怒りにかまけて無茶を繰り返す信長が、このまま天下人として君臨出来るとは、つやには到底信じられない。しかし、洛中を治める十兵衛殿の手腕は冴えていて、この頃までは、京における信長の威信は日に日に高まるばかりだったという。

十八、遠山景任

信長に坊丸を所望したのは、景任が言いだしたことではなかった。ふだんは己の考えを譲らぬ景任だが、信長の子を嫡子に受け入れることに関しては、同意するに違いないと、つやは確信していた。

濃東遠山氏の総領、岩村当主景任には、当初から気心が知れず、しっくりこないところがあった。つやにはまったく関心を示さず、ろくに目も合わせない。側仕えや小姓との仲は親密だが、そもそも廻りに女の気配すら薄いのは、どうやら男色に相違なく、これでは子を成すこともなさそうだ。それでも、武田と織田に両属する遠山五家の中でも、景任がことさら信長寄りなのは分かっている。それはつやの力ではあるまい。景任も信長も、お互いを男色仲間と見抜いているのだとつやは思う。たんに男色であるばかりではなく、女というものが嫌いらしく、側仕えとも少しも反りを合わせる気持ちがない。その分男だけの集まりでは気分が高揚し、昼夜を徹して、酒とさかなを挟んで話し込んでいる。そんな男である。つやに向かっては、妻としてというよりも、まるで姉か姑にでも接するように他人行儀で、丁重な口調を崩さず、下にも置かぬ扱いではあったが、親しく心を開くということは決してない。弾正忠家に対する遠慮があってそうするとの思惑からか、家臣の者達までが、つやを特別のものとして、ことさら恭しく接するのだった。

元亀元年も半ば過ぎ、つやは明智光秀殿と十六年ぶりに再会した。ことの発端はその四月末、信長が三万の兵を集めて、若狭に向かったことに始まる。その後は、越前朝倉の城を次々に力攻めで落としていったが、金ヶ崎というところで浅井の突然の離反を知った。挟撃を恐れての撤退は多くの死傷を招き、信長の威信を深く傷つけたのである。それを知った甲斐の武田晴信公が、さっそく信長の窮地に乗じて、濃東に侵入したのだ。武田方の将は、かつて遠山苗木の城代も務めた、伊那郡代秋山虎繁殿。対して信長は、濃東につながりの深い、明智光秀殿を遣わせてこの攻勢に対抗した。もちろん尾甲は同盟しているのだから、交戦はないはずだ。つやと光秀殿の再会はその賜である。それとは別に、つやと虎繁殿との因縁についても、後々ずっと大きな話になるのだが、当時は誰もまだ知る由もない。

光秀殿との再会時、つやは、その様変わりに心底驚いてしまった。髪はすっかり薄くなり、丸顔の小柄な身体つきは変わらないが、かつての、俊敏で気魄に満ちた青年の姿は最早なく、才気煥発で精彩を放った風貌も、すっかり影を潜め、風雪に耐えてきたようなその面には、不吉な影のようなものすら漂っていた。つやは、光秀殿の苦境をかいま見る気がしたのだ。

「三郎殿が越前侵攻をしくじり、たいへんな苦境に陥ったところを、殿をお務めいただいた十兵衛殿のお働きで、多くの将兵が救われたと伺いました」

撤退の際、殿軍を率いて死地を越えてきたものの、その後も激しい戦が続き、連戦疲れを隠しきれないのか、蒼黒い顔の内で、眼差しばかりが殺気を帯びて鋭く光っており、風貌全体がどことなく歪んで見える。

「殿を務めた将兵は、一度は死を覚悟いたしましたが、幸い敵の進撃をかわすことが叶い、上様のご武運の強さを、改めて思い知らされました」

重苦しい口を開いて、やっと繰り出す言葉も、常套句ばかりで、決して本音を語ることはなさそうだ。

「前々から、三郎殿の戦は向こう見ずと迂闊さを極め、従う将兵の死傷がむやみに多いのです」

「いいえ、上様の不手際ではございません。浅井備前殿が、織田に与《くみ》せぬ者に担ぎ出された父君を、くい止められなかったまでのことです。上様は敦賀から朽木越えで京に戻り、その翌日には御所におもむいて、何事もなかったように悠然とされていたとか。洛中ではその胆力が評判でした」

なんだか寒々しい追従まで跳ね返ってくるのは、つやが信長の身内だからなのだろうか。

「十兵衛殿は、にわかに成り上がって、お高くなった三郎殿を、御しかねておられるのではございませぬか。そんな話は、十兵衛殿もご存じの通り、父信秀の美濃惨敗の時と瓜二つの虚勢で、聞いた私はあきれ返り、信長もまた、織田弾正忠家の轍を踏むのかと、蕭《しょう》然《ぜん》と致しました。この度の晴信公の濃東への侵攻も、畿内を押さえる三郎殿に不満を持つ者らを介して、上洛の道を開けるために、まずもって濃東を押さえんとの魂胆でしょう」

あからさまなつやの言葉を受けて、やっと本筋の話になった。

「晴信公の上洛には、今川を攻めて駿河を併合し、三河の松平も制する。さらには、相模の北条、越後の上杉など、背後の敵とも同盟する策がなくては叶いません。上様との同盟に背く濃東侵入は、越前退転に呼応する動きかとも見えますが、すぐに兵を引いたことからしても、にわかに同盟破棄の気遣いはございますまい」

「濃東も、江北浅井同様、織田一辺倒ではなく、晴信公と結びたい者もたくさんいるのです。三郎殿が窮地に陥れば、織田に不満を持つ者どもが、諸国で一斉に牙を剥くのではないかと、私は気が気でなりません」

「足利将軍家を担がぬ限り、武田・北条・上杉・朝倉が、反上様で結束するはずはございません。今や、義昭公を除いて公方はなく、禁裏も上様を支持していることとなれば、一つ二つの失策で、上様の権威が損なわれるなどは杞憂でございます」

油断なく足元を引き締めながら答える仕草が、かえって容易ならざる事態を示してはいまいかと、つやは訝る気持ちを抑えられない。

「公方様と三郎殿の間が、うまくいっていないともお聞きしますから、晴信公が、それを利用することも考えられませぬか」

光秀殿の目が翳るのを、つやは見逃さなかった。やはり信長と義昭公との不和の噂は本当なのだ。光秀殿は、言葉とは裏腹の思いを忍ばせているに違いない。その目が密かに何か語らぬかと、覗き込むように、つやは光秀殿の目の奥を見つめた。

「そうさせぬためには、禁裏に働きかけて、上様を位階除目の上でも、足利将軍家以上のものに引き上げていくことが肝要です。それまでは上様も自重して、義昭公との離反を、抑えていかれねばなりますまい」

しかし、事態はそうは進まなかった。その後も晴信公は、光秀殿の描いた懸念をなぞるように、着々と支配地を広げ、翌元亀二年春には、駿河に続いて三河松平領への侵攻を進めていったのだ。同年末には、北条との甲相同盟も復活し、義昭公の命を受けて、武田・上杉の講和も達成した。

一方、信長支配下の京では、現天皇の弟、覚恕法親王が比叡山天台座主に着き、信長の宿敵、越前朝倉と同盟した。江南甲賀の六角、摂津・河内の三好も反信長で結束し、信長の京支配は風前の灯火だという。危機打開を目指す信長は、重鎮佐久間殿などの反対も押し切って、比叡山東麓を三万の兵で囲み、寺社堂一宇も残さず、全山を火攻めにしたという。戦を避けて立て籠っていただけの、老若男女も含めて、三千人を全て撫で斬りに殺したとの噂は、つやの元まで届いた。戦の指揮にあたったのが光秀殿で、手柄として志賀郡五万石を得たという。

「まさか、十兵衛殿に、そんなおぞましく、惨たらしい仕打ちが出来るのだろうか」

つやの頭はすっかり混乱してしまった。

光秀殿は、義昭公との主従のつながりを絶つために、将軍に暇願いを出したとも聞いた。今や光秀殿は、信長の京支配の名実を、先頭立って担う、信長の筆頭奉行なのだった。比叡山を落ち延びた僧から、焼き討ちと死者三千の報を受けた晴信公は、信長を「天魔の変化」と罵り、直ぐさま、信長討伐と延暦寺復興を約束したという。甲斐に逃れた天台座主覚恕法親王から、権僧正の僧位を貰い、仏法の庇護者の名分も得た。

折も折、元亀三年春、遠山宗家当主、景任殿とその弟の苗木城主が、相次いで子なきまま急死した。景任殿はなんの前触れもない突然の発作。苗木城主は、晴信公の要請で飛騨に出陣した際の矢傷が、癒えぬままの他界だった。突然降って湧いた遠山家の危機に、家中の動揺は防ぎようもなかったが、信長は機先を制して、かつてよりのつやの望み、帰蝶の子坊丸を、岩村遠山家の継嗣として据えることについに同意し、いち早く坊丸を送ったのである。しかし、この期に及んでの濃東への織田支配の拡大を、晴信公が黙って見逃すはずはない。遠山五家のあいだでも意見は分かれて、再び、秋山虎繁殿が濃東に遣わされた。驚いたことに、その中に、なんと長井道利殿が加わっていたのである。

十九、武田晴信

道利殿は、以前よりも痩せて目元が険しくなったが、老いたのか度重なる疲れのためか、気難しくしかめた眉とは不釣り合いに、眼差しの先は虚ろで定まらない。辺りに気を配るようにして話し始めた。

「晴信公は評判の切れ者で、快川殿が惚れ込むほど、思慮も斟酌も深い方じゃ。武田の先代も器量こそ大きかったが、横暴ゆえに国人の気持ちは離れ申した。それを見抜いた晴信公の気働きで、その父は甲斐を逐われたものの、命を拾われた。不徳のわしらとはそこが違う。要するに晴信公は、謀略はするが温情もある。苛烈な人柄やないらしいのが救いでござる」

なんとかつやを説得しようとする声も少し嗄《しゃが》れてよく聞き取れず、体力の衰えは隠しようもない。それでもどうやら無理を押して、つやを、武田方に寝返らせようという腹のようだ。

「でも私は、甲斐が旱魃凶作に際して、隣国を侵したと聞いたことがあります。他領に戦を仕掛けて収穫を奪い、農地を踏みにじったその上に、百姓を売買する。晴信公が明主なら、そんなことはなさりますまい」

「それは、越後上杉方が先にやって、その報復のために行ったことでしょう」

「私が聞き及ぶ晴信公の世評は、まるで違います。確かに人の噂は、山城入道でも分かるとおり、およそ当人の実際とはほど遠いと存じますが、私の兄信秀や三郎が美濃を侵し、田を荒らした時、入道も隼人佐殿も、尾張の田畑に報復攻撃を仕掛けましたか。田畑を荒らし、捕らえた民を売り飛ばすことが、どうして越後上杉への報復と言えましょうか」

道利殿は動揺して話を転じた。

「晴信公の評判はともかく、わしは以前より、備えのためには、甲斐と盟約を結ぶべしと勘考しとった。晴信公が上洛するには、美濃を通らんならん。甲斐にとって、美濃の合力はなくてはならぬゆえ、濃甲同盟は晴信公も望むところ。美濃と甲斐が結べば天下の大勢は決まりもうす。かねてよりのわしの謀り事は今や目前に迫っとる。信長は転び、甲斐の武田晴信公が駿河を平定し、その暁には、甲斐・信濃・遠江・駿河・三河も押さえて、上洛さっせるでしょう」

「三郎がどうして負けると決まっているのですか」

「時は巡り、信長の命運も今や尽き申す。今度こそは信長は袋の鼠。戦を知りつくした晴信公が麾下なれば、諸侯も納得しましょう。晴信公が、足利一族としての出自と、その器量を持って五十万貫領するからには、朝倉、浅井も晴信公に服するは疑いなく、天下の大勢は定まり申す」

今度はねじ伏せるような口調である。

「晴信公の軍勢はそれほど強いのですか」

「もともと甲斐は、川や海・要路も持たず、石高も小さい辺鄙な国やったが、晴信公が、金山を開いて軍資金を蓄え、街道を整え兵馬を養うて、甲斐武田の武威を天下に知らしめんさった。晴信公の器量は、入道も認めておればこそ、恐れてもいたのです。武門を取りしきってきた、足利一族の名門、武田晴信公が立てば、諸公は従わざるを得ません。濃甲の同盟も蘇り、美濃主には龍興が復帰。晴信公の仕切る天下を奉じて、お仕えすることになりましょう。ただ、信長が敗れや、美濃・尾張・伊勢を見渡しても盟主はござらん。信長亡き後尾張を誰が継ぐのか。遠山惣領家を継ぐ坊丸殿こそ、まさに打ってつけでござる。なんと言っても坊丸殿は織田弾正忠信長と、その正妻帰蝶の間に生まれた男子にして、山城入道の血も分けたお子。弾正忠家に従ってきた、尾張衆・美濃衆はもとより、反晴信公で蹶起した衆の支持も、必ず得られます。織田弾正忠家の血脈を残すためにも、ここは坊丸殿を甲斐に差し出し、晴信公側に城を渡すが得策かと存じます。濃東の経営は、まずは秋山虎繁殿に任されるでしょう。虎繁殿は晴信公配下の中でも、ひときわ声望が高く、かねてより、美濃・尾張と甲斐の取り次ぎで、私や濃東衆との親交もござるお方。。沈着冷静で、民との信頼も築ける人ゆえ、濃東の経営にも不安はござらん」

つやも、虎繁殿には、以前晴信公名代として岐阜を訪れた際、一度会ったことがあった。背丈はそれほどないが、頑強壮健な身体とゆったりした物腰の下に、聡明そうな目が光っていて、信長に好意を持っていることをあからさまに示す、親しげな笑顔が今も浮かんでくる。

「確かに虎繁殿は立派な方とは存じますが、まさか、織田弾正忠家の私には、武田に下るなど許されるはずもなし。ましてや、迎えたばかりの坊丸を武田に渡すことなど、到底出来ることではありません。仮に渡したとして、武田が三郎に敗れたら、その時坊丸はどうなってしまうでしょう」

「もしもそんなことが起きたとしても、坊丸殿の身に危惧はござらぬ。武田は信長に坊丸殿を返して、和議を求めるばかりです。逆に遠山が織田に味方して敗れれば、岩村惣領家を継ぐ坊丸殿の処刑は免れますまい」

話を聞いた直後には、つやはその説明の強引さに呆れて、少しも納得してはいなかったのである。

元亀三年十月、ついに義昭公は、諸国の大名に信長討伐令をもって呼びかけた。それに答えた晴信公は、甲府を発つと遠江を攻め、配下秋山虎繁殿も三河へ向かう。二つの軍勢は、じわじわと松平方の諸城を落としていった。

岐路に立ったつやは、それを聞くやいなや、いち早く、濃東岩村城を武田軍に明け渡す決断を下したのである。つやは坊丸を助けたい一心であった。同年十一月、甲斐信濃勢が岩村城に入り、坊丸は甲斐に送られ、晴信公の養子となった。そんなことをして、信長が激怒せぬはずはない。しかし、浅井・朝倉・一向宗徒などと対峙する信長は、三河松平に対して、三千ほどの将兵を送ることしか出来なかった。その間に晴信公は、遠江の要二俣《ふたまた》城を落とし、三方ヶ原で松平に大勝した。

ところが、つやも遠山領地をまとめきれない。濃東遠山は、かねてより武田と行動を共にすることが多かったのだし、あえて弾正忠家に繋がるつやが、武田に寄すると決めた上は、遠山他家も、当然武田に与《くみ》するだろうと、つやは安易に考えていた。

ところが、つやの憶測は外れた。意に反して、濃東国人の過半はつやに同調せず、三河松平に援軍を送って武田と戦い、岩村を攻めたのである。岩村城に篭城したつやは、不本意にも、信長のみならず、遠山一族とも敵対し、晴信公に岩村への増援を求める立場になってしまったのである。最早立ち返ることは出来ない。晴信公は三河から濃東に入ることを決め、元亀四年三月、先陣の秋山虎繁殿が岩村城に入城した。

京では晴信公の進撃に呼応して、義昭公が信長に離反し、信長は、三河・濃東を放置してでも京に向かう他なかったのだが、その先の筋書きは、道利殿の予想とは大分違っていた。光秀殿が、京の混乱と信長への離反を、ぎりぎりまでに抑え込んだのである。もちろん道利殿の思惑も簡単に進むとは言えない代物だとは、つやにも分かってはいたが、一方の信長の支配はもっと危ういと、つやは思った。緊急の事態にあって、坊丸を助けるにはこれしかないと、つやはぎりぎりの判を下したつもりだった。だが、つやや道利殿が思い描く道筋を遥かに離れて、びっくりするような現実が顕になった。かつて帰蝶から聞いた山城入道の企み、妙心寺東海派の天爵の説得が実ったのか、出自も卑しい弾正忠家信長は、光秀殿によって天下人に祭り上げられたのだ。なんと足利将軍家管領を継ぐ細川藤孝殿ら多くの幕臣が、事もあろうに、足利公方義昭公を捨てて、信長の臣下に下るという、前代未聞の事態に、つやは心底驚いた。四月初めには義昭公に対して、正親町天皇も勅命で和睦を呑ませる。もっと驚くことには、信長の天下など決して認める筈もない朝倉までもが、江北を退陣して越前に帰ったという。

さらに誤算は続いた。同年四月、武田晴信公が病没したのだ。極秘にされていたが、病状は出陣以前からのものであったらしく、喘ぎながらの進軍も、ついに衰弱し力尽きたということだ。つやはしばらく晴信公の病没を信じなかった。だが、突然武田勢の進軍は留まり、ついには撤退するに及んで、晴信公死去のあやふやな噂を、最早つやも確信する他なかった。天下人と天爵の考えも、夢物語ではなかったということなのだろう。つやは、信長の武運に心底舌を巻く他ないのだったが、都はともかくとして、各地での信長と反信長の戦は膠着した。そして、信長に対するつやの、裏切りの汚名は残ったまま、濃東岩村城は、武田方の城として取り残されたのである。さらに武田家の家督を継ぐ勝頼公が、天正二年岩村城から出て明知城を包囲し、信長・信忠の殿軍到着前に明知城を陥落させた後には、東濃の武田支配はしばらく固まったのだった。

二十、秋山虎繁

濃東の離反は許したものの、光秀殿の働きと晴信公の死去によって、信長は完全に息を吹き返した。天正元年八月、信長は、三万の軍勢で越前朝倉に進撃すると、刀根坂の地に朝倉義景殿を追い詰め、自害させたのである。朝倉傘下に身を寄せていた、龍興と道利殿も同地で共に討ち死にして果てたという。さらに九月には、小谷城を落として浅井も滅ぼし、同じ月の内に、伊勢長島を攻めた。半月ほどの間に、長島周辺の城の大半を落としたというが、一方的な勝ち戦だったかと言うと、そうではなかったらしい。もうそんな戦など、あるべき筈もない時節にもかかわらず、雨中で一揆方の奇襲を受けた白兵戦の末に、戦死者の山を築いて大垣城に逃げ帰るなどという、無惨な失策があったという。十兵衛殿より、「近畿を攻めるには朝廷の権威が必須」との助言が、かねてからあったものを、それをも無視して独断先行し、あえて相手と同格で戦う、いつもの愚策のつけが回ったのだろう。今度こそはと、翌天正二年には、三位の叙任を受けて、禁裏の支持も明《あき》らめたとあって、七月には公卿の威光で、伊勢志摩水軍も加えた八万の軍勢を調えた。満を持して陸海双方から伊勢長島を囲んでの兵糧攻めだ。一揆側も、地侍や北畠残党などの援軍を頼んで刃向かったが、多勢に無勢、餓死者が相次いだ後、「船で大坂への退去の約定」を得て降伏する。今や、寛容さの微塵もない信長が、そんな約束を守るはずもなく、船に向かって一斉銃撃を浴びせるという非道に及んだのだ。一揆勢もさすがに必死で反撃したので、またしても白刃を払う戦になった。なんと織田一族を含む、千人もの将兵が討ち果てた。まさに窮鼠猫を咬むで、敵も必死だろう。そんな無茶さえなければ、味方の死者もほとんどなかったと思われるのに、孫子の兵法もあったものではない。信長は、この報復と称して、中江城・屋長島城を柵で包み、立て籠もる一向宗門徒二万人もの人々を躊躇なく生きたまま焼き殺しにした。まさに信長の性根はここに見えた。晴信公の言葉通りの天魔になったのだと、つやは確信する。

今や朝廷の権威も笠に来た信長が、勢いづいて交戦をかけて行く中、織田・松平領への侵攻を繰り返していた、甲斐武田勝頼公にも、翳りが見えてきた。潮目が変わったのは、天正三年四月のことである。勝頼公は、一万五千の軍勢で長篠城に攻め寄せたが、今度は迎え討つ松平に対して、信長の援軍三万の兵が岐阜を発し、三河野田で松平勢八千と合流すると、設楽ヶ原に陣を敷いた。五月二十一日の戦いで、信長は武田勢に圧勝したのである。武田の将兵一万が討ち取られたと聞く。その後も続いた松平の攻撃で、遠江の城の多くは落城していったが、唯一濃東は違った。戦に長けた虎繁殿の手向かいは手強くて、十分な軍勢を預かっての嫡男信忠の城攻めも、五ヶ月に及んで打つ手が詰まり、業を煮やした信長は、虎繁殿に寛大な口約束を示したのである。

しかし、講和のあらましを聞いたつやには、そんな話は少しも信用出来なかった。もたげてくる胸騒ぎがおさまらない。ひどく焦って虎繁殿の言葉を遮り、目をやって咎めた。

「口約束などあてになりません」

虎繁殿は罠かもしれぬ危うさに気づかないのだろうか。

「最近の信長は、以前と比べても、残忍で常軌を逸しておりますゆえ、講和後の誤算があってはならぬと心配するのです」

つやの、怯えるような疑いの目つきに対しても、虎繁殿の決心は変わらないように思われた。昔会った時の歓待ぶりの記憶に縛られて、信長に期待する気持ちが捨てきれないでいるのだろう。講和に向けては期するところがあるなどと言って、つやを説得しようとする。

「武田に残された坊丸殿は、宰相信長公もことさら執着の正室のお子ゆえ、取り引き出来ぬことはないと存ずる。坊丸殿を織田に返してもらうについては、わしが勝頼公に和議を取り次ぎ、内諾は得られた。勝頼公には、甲斐一国のみの本領安堵をいただき、濃東・信濃の大半を、坊丸殿に譲るという。わしのみが腹を切ることで、この件は落着しよう。城主の決めごとで武田についたとは言え、元来遠山は信長公麾下にあった者ども。つや殿も、織田の一族にして正室の姑。まさか詫びを入れて許してもらえぬことはあるまい。これで濃尾甲の和平が叶うなら、わしにとっても死にがいがある」

かつての信長が相手なら、虎繁殿の考えも分からぬではないが、今のつやには、事がそのように運ばれるとは、到底納得出来ないのだ。

「信長は己の放縦は棚に上げて人を裁きますゆえ、私と虎繁殿の間柄も、決して許すことはありますまい。最早私は、弾正忠家の者ではあるにしても、信長の姑ではありません。最近の信長の行状を見るにつけても、裏切りに対しては苛烈な制裁を科すだろうと思われます。それでも、和平が叶い、坊丸が岩村に戻れるのであれば、その捨て石になるも本望です。ただ、何やら忌まわしい気配を感じるのは、私の思い過ごしでしょうか」

警戒心を解かぬつやを見て、虎繁殿にもいささかの不安が過《よぎ》ったのか、今度は少しためらって考え込み、つやの心を探るようにした。

しかし答えはやはり決まっていた。自嘲するように寂しげに笑い、「これ以上の策はわしには浮かばん」と声を落とし、投げやりな言葉をつやに返すと、探るような厳しい眼差しをつやに投げた。つやだとて、別に手だてがあるわけではなく、張りつめていた気持ちも一気に挫けて、目を反らしながらも、虎繁殿の策に賭ける他ないと、諦めてしまったのだった。

十一月、虎繁殿は、自らの命と引き替えに、城兵の助命を申し出て、岩村城を開城した。城内はたちまち、圧倒的な織田の将兵で溢れかえり、不穏な気に包まれた。たとえ先ほどまで戦っていた将兵といえども、普通なら、入城する際には規律を守る。迎え入れる側にも、終戦の安堵で、自ずから和やかな談笑すらあったりするものだが、入ってきた織田の将士達の表情には、なんらのゆとりも感じられず、不吉な殺気が漂っていたのだ。そして何故か、城主虎繁殿の切腹も許されない。戸惑いの中でそのまま捕まり、せき立てられるようにして、岐阜に連行されることになった。一人残されたつやには、その後の虎繁殿の消息は分からない。それでも、後につやも岐阜に引かれて行った折、人づてに聞かされた話は、酷いものだった。信長はそこでの虎繁殿の切腹も許さず、なんと長良川の河原で逆さ磔刑にして、その死を辱めたらしい。なんでも、松平に寝返った長篠城の奥平の妻を、勝頼公が逆さ磔にした、その報復なのだそうだ。

虎繁殿は、己の死が無駄にはならず、それと引き替えにして、つやや岩村の城兵が救われることをひたむきに信じ、信長の仕打ちを、静かに黙って受け入れて果てたのだろうと、つやは思う。信長の卑劣な本性を見誤ったのだ。信長の振るまいは苛烈を極め、約定は初めから反古にされていた。つやの目前で、城に残った将兵は、一人残らず城中の一郭に追い込まれ、身悶えする苦しみの痕を残す、焼死体の山となって息絶えた。甲信からの援兵も、岩村城からの出城を許されたのだが、それは単なる見せかけに過ぎなかった。岩村城南の木の実峠で待ち伏せされ、こと如く討ち取られたのだ。物見の知らせを聞いた勝頼公も、失意のうちに甲斐へ引き返したという。起こったことは、あまねくつやに知らされた。この事態を招いたつやへの見せしめだったのだろう。たったそれだけのために、信長は多くの者を悲惨な死に追いやったのである。

勝頼公も、このまま黙っている筈があるまい。間違いなく坊丸は処刑されるに違いない。坊丸を岩村遠山に送る際、あれほど未練を見せていた信長が、一時の感情に任せて、後先も考えず、何故こんな酷いことをしてしまうのか。つやは、岩村城内でただ一人生かされ、岐阜に送られたのだった。

二十一、入法界品

どうやら信長は、弾正忠家の内のこととて、実弟勘十郎の時と同様、つやの処刑を他者には委ねず、自分で行う気構えのようであった。晴信公が「悪の権化・悪魔」と罵る信長も、己の義憤を正義と信じ、つやと虎繁殿との関わりについても、信長流の潔癖さで憎んでいる。弾正忠家の長として、つやを裁くつもりでいるのだ。つやにしてももちろん、今の信長を嫌悪の念なしには見られない。勝頼公に退路が閉ざされた以上、報復は必至だろうから、坊丸の命も奪われる他あるまい。そこまで坊丸を追い詰めた信長に、憎悪をたぎらせながらも、一方で信長も、坊丸を愛していて、その坊丸を甲斐に渡してしまったつやを、許せないのだろうとも思う。あるいは、坊丸が武田の養子になったことで、坊丸に、親武田の気持ちが芽生えるだろうことを憂えて、汚されたという感情が走るのだろうか。しかし、信長自身も、娘や親族を、武田に嫁がせたりしたではないか。過去を思いめぐらせているうちに、激しい相克が渦のようにつやを襲って、潜めていた恐れを呼び覚まし、打ち拉がれた心は、今や張り裂けそうに傷んでいる。動揺は少しも収まらないのだった。絶対の善や悪があって、死後にそれを裁くものがいるとは、今のつやには考えられないが、入道が言っていたように、本当に私は法界に行くのだろうか。だとすると信長は、つやを法界に導く最後の善知識ということになるのか。何故かは分からぬが、涙が止めどなく溢れてきて、いくら宥めすかすようにしても、からみつく不安は去らず、取り乱すまいとするつやの気持ちに逆らうように、身の震えだけが止まらない。躊躇《とまど》いなしに法界に渡るには、今何をすれば良いのだろう。死は覚悟のはずなのに、つやは何かにおののき、うろたえている。背筋に鳥肌が立つのは何故なのか。冷ややかな綿のようなものが、背中全体にまとわり付いているようにつやは感じた。

つやは今、岐阜町の土累の外、川原市場近くの、じめじめしてかび臭い、長屋風の一室に閉じこめられていた。室内は燈火もなく、寒々と陰気に暗く荒び、板壁や柱が、もののしく黒ずんだ影を宿している。部屋は案外広く、北側の小窓は小さく開け放たれ、虎繁殿が磔にされたという川原も遥かに見通せる。つやが見上げるその日の空は、透き通るように青く雲はまばらだった。その川原の手前の堤の一郭を眺めやると、死者が埋められているのか、真新しいものから朽ち果てたものまで、数百にものぼる板塔婆が打ち込まれ、その右隣には、死者を悼んで置かれたものか、稚拙ながら、大小数十の屈み込んだ羅漢らしき像が並んでいた。

つい引き込まれて目を凝らし、その表情を覗きこもうとするうちに、目の裏に、かつてよく知る顔が次々に浮かんできた。山城入道や与左衛門、虎繁殿の顔もある。それにつられて、さまざまな思いが脈絡もなく蘇ってくる。いくらも知り得た危険を伝えず、むざむざ入道を死地に追いやったのは自分ではないかとか、戦場に向かう与左衛門を、その日もこともなげに送り出してしまった己は、なんと浅はかだったことだろうなどと、今更ながらに嘆いた。何気なく穏やかにやり過ごした日々が、もう二度と戻ってくることはない。虎繁殿を喪った今は、最早法界に渡る以外に帰る道はないのだと、ぼんやりと、取り留めもなく思い浮かべているうちに、何故か、少しも気持ちを通わせようと努める気持ちも湧かなかった、遠山景任や、つやに対してついに馴染まず、頑なに抜かりなく、憎々しげにふるまった義龍公の顔までもが、親しみと自責を込めて、なつかしく湧き上がってくるのだった。しかし、その時突然、坊丸の顔が浮かぶと、つやは言いようもない切なさに耐えきれず、泣き崩れた。

「泣く以外には何も出来ない私は、まるで子供のようだ。しかし、弾正忠家などという意味もないものに固執して、私はその存続のために、坊丸を生かそうとしていたわけではない。弾正忠の家や血筋などは、本当はどうでもよかった。そんなものこそ空しい煩悩ではないか。私は、ただただ、坊丸というういたいけな子供を、なんとか死地から逃がし、生き延ばしてやりたいと、一途にそのことばかりを願っていたのだった」

つやは己の無力に嘆息し、むしろ自分こそが、多くの命を奪い去る因縁を結んでしまった後ろめたさに、改めて絶望し己を呪っていた。

夜の帳が下りると、川沿いには松明が灯され、渡る風が川面に映る赤い光を細かく揺らした。ほの暗く立ち上る煙が、背後の青黒い山裾を物憂く浮き上がらせて、静まりかえった夜中でも、あたりがすっかり闇に呑み込まれてしまうということはない。

一人やり過ごす夜はひどく永い気がする。その間、延々と悔恨の自問を続けるうちに、時はゆっくりと流れていった。川の右側に広がる虚空から白明が少しずつ増していき、ようやく日が昇ると、静かな川面にも日の光が小刻みにきらきらと反映する。やがて、東南側の閉ざされた板の隙間からも、確かな光の筋が差し込んできた。板壁の所々には、逆さまになった外の光景が、ぼんやりと映し出されていく。それも明るくぼやけていくと、小屋の外にも人声が飛び交い、朝が始まっていた。

その時である。背後にわずかな物音を聞いた気がして、つやは振り返って立ち上がろうとしたが、ながく蹲《うずくま》っていたせいか、手足に痺れがきていて、思うように身体が動かせない。金縛りにあったようにそのまま目をつむり、そっと耳を澄ませた。それは初め、戸口の湿った隙間風のように、彼方からつやの背後に、突然漂うようにして入り込んできて、身体にまとわりつき、蠢く木霊のような響きを幾度も発した。その響きは次第に意味を成してきて、繰り返し、まざまざと己自身を苛み諌める声のようなものに変わっていった。

「お前こそが坊丸を殺し、岩村の将兵を全て斬殺に導いた元凶だ」

そう言っている。それは確かに、低く囁く己の声だとつやは認めた。

「そんなことで、信長の数々の虐殺の罪が消えてなくなるわけもない。信長への嫌悪にこそ場が与えられるべきだ」

たまりかねたつやは、必死に抵抗する。

だが、「責められるべき罪業を背負っているのはつや自身だ」と、容赦なくつやの心を抉り、耳元でがんじがらめに非を咎める声は休みなく、ついに耳の奥にまで鳴り響きはじめて、黙らせる術もなく昂まっていくのだった。心は研ぎ澄まされ、こめかみも脈打ち目も潤んできて、つやはいたたまれないのだが、あらがう術もなく憔悴し、心が挫けてしまいそうだ。何故己を諌めるのか。悔恨の念だろうか。しかし、悔やんでも悔やみきれない出来事の、それが何なのか、あれこれ考えようとしても、焦る気持ちばかりがおどろに乱れて、悔いの中身すら最早思い出せなくなってきた。

法界がどんなところなのか、つやはまったく分からないながら、それまでつやは、なんとなく極楽のような、平安を得られる場所と思いこんでいたのに、そこが実は、自分を罰する地獄かもしれない。衆生を苛むのは鬼ではなく、己を責める自身の心だと気づいた今、だからこそ逃げ場はなく、過去に信じてきた、さまざまな己の分別の一切が、全て否認された思いに駆られて、つやは言いようもなく悲しくなる。拠りどころも失われ、何を為す力もない。未だかつて感じなかった喪失感につやは驚き、もうくたくたに疲れきっていたが、気を取り直そうと必死に、自分を励ます声をあげた。

「死者を思うことで、悔恨が、己を浄化していってくれるに違いない」

しかし、その声はか弱くかき消され、責める声ばかりが大きくなっていく。こんな激しく絶え間ない苦痛を、つやはかつて知らなかった。

「ああ、私は、誰一人助けることが出来なかったのだ」

そう口走った矢先に、今度も突然、わけも分からず、つやは幼い子供に返って、夕暮れ時独りきりで、心許なく庭にしゃがみ込んでいる、自分の姿を見出した。父が突然亡くなったというので、家中は騒がしく、人が大勢集まり、慌ただしく走り回っていた。ふだんと違って、兄姉達もつやにはまったくとりあってくれない。

「こんな何も知らない自分が、このままで本当に、法界に渡ることが出来るのだろうか」

そんなことを考える少女のつやは、何故か、山城入道の語った言葉を、既知のものと受けとめている矛盾に、少しも気づいていないのだった。つやは父が死んだと聞いても、ちっとも心が動かない。いつも遠くにあって、いないも同然だったし、身近にいたのは、母や歳の離れた兄姉達で、つやの面倒を見てくれる者らも、父とはほとんどつながりがなかった。ほんの一瞬、末娘のつやを抱き寄せることも、稀にはあったようにも思う。それでも、いつも不機嫌で高圧的に家人を怒鳴りつける様子ばかりが、つやが覚えている父の姿である。

「どうしてあれほど、怒ってばかりいるのだろう」

幼いつやには、その理由が少しも分からなかったが、下尾張守護代大和守家中で、にわかに台頭してきた、織田弾正忠家を、快く思わぬ者らに囲まれて、父はほとんど常に怒っていたのに相違あるまい。父の死による織田弾正忠家の代替わりで、若い兄信秀に向かう風当たりは、ずいぶん優しくなり、むしろ兄はほっとして、その後の大胆な行動に出られたのだろうなどと、幼時のつやは、いつの間にか現在に戻っている。

つやが持つ不安は、幼時からずっと持ち続けてきたまま、今に繋がっているのではなかろうか。つやはそう思った。死の向こうには何があるのだろう。何もないのか。夥しく連なる死者の列には、生者の思い入れを受けて、現世に生きた証を残す者もいれば、身内や知人の哀悼を受ける者もいる。しかし、そんな者はわずかに過ぎないし、それがいったい何になるのか。死後の世界が何もなく空しいものならば、今生を荘厳して生きるのが人の定めと説いた入道の言葉も、今のつやには空しく響く。しかも、入道は、「今生を、いかに善行で送ろうと悪行を成そうと、人の生き様とは関わりなく、個々の生はあまねく等しく『華厳』の教え。法界はその応報で決まるのでもない」と言った。なれば、幾多の人々を殺し続ける信長の生き様も、信長にとっては『華厳』の教えなのか。つやは今、悔やみきれない悲しみを抱えて、己を責め続ける他に成す術もない。だったら殺してもらったらいいとは思うが、つやを罰し殺すのが信長であるということがどうしても承諾出来ないのだった。つやは、坊丸にこそ罰してもらいたいと願っている己にやっと気づいた。おそらく坊丸はつやを罰しないし、仮にもし罰するとしても、されば坊丸は、罪を負って生きることになるのではないか。ならば、罪深き信長に殺してもらうのが最善とも思えてくる。

ふと、閉ざされた南側の、板塀の渡しにある木戸が、大きな音を立てながら開け放たれると、遮るものもなくなったその遥か向こうに、刀を携えた仁王立ちの不動明王信長が、荒々しく肩をいからせて、近づいてくるのが見えた。苛立ったように、吐く白い息や体中の熱気に包まれて、身体全体が白っぽく霞んで見える。遠目にも、かき立てられたむき出しの憎悪で、目ばかりが血走り、鬼気を帯びているのが分かる。信長の姿に、束の間気を取られていたつやだったが、なにやらそれとはまったく異なる厳粛な気配を感じて、ためらいながらも、今度は後ろに目を遣った。そして露に汚れた身体と不様な衣服をなんとか調えて、居ずまいをただしながら、よろめくように強ばった身体をゆっくりと動かして立ち上がった。つやの背後に窓はなく、見えるのは板戸ばかりのはずなのに、目を凝らすつやの目が釘付けになる。その板戸の遥か彼方から与左衛門や山城入道、虎繁殿の連なった姿が、影のようにして中空から近づいてくるのが、つやの目にぼんやりと、闇から浮かび上がるように捉えられたのだ。皆が一斉に呟くように、囁くように誘う声を発した。

「つや殿、つや殿は十分働いたゆえ、今から先は心ゆくままに、ゆっくりと休まれるがよい」

そんな甘い響きの声の上から、信長の猛々しく、いきり立った怒声が被さってきて、汚れ縺れた髪のまま、見窄らしく棒立ちに立っているつやの首筋のあたりに、冴え冴えと冷たく、鋭利な刃が深く切り刺さり、続いて激痛が全てを覆い尽くした。

あとがき

天文中頃から天正三年（一五四〇年代末～一五七五年）、約二十七年間ほどの美濃・尾張を舞台として、織田弾正忠家に生まれた主人公つやの、法界に至る人間模様と「道行き」を、「華厳経入法界品」から西鶴「好色一代女」につながる系譜で描くこと。それが、この本を書いた私の狙いです。

「法兄・義父殺しで美濃を押さえ、尾張・伊勢も従えんとした斎藤道三」
「道三の遺志を継いで天下を目指し、苛烈・非道を極めていく織田信長」
「道三に倣い、信長の背後から天下を操つらんとして挫折する明智光秀」

今も著名なこの三人も登場しますが、流布されたイメージとは違う相貌を帯びているかもしれません。もっと複雑で矛盾した行動を取る、呼び名も一定しない人物もたくさんいます。人物達の行動を決める大きな要素となったのは、入り組んだ親子関係や姻戚関係であり、しかもそれはその時代に各地で起こった出来事とも連動しているのです。

出来事の場所も重要ですが、美濃の領地が海に直接つながっているなど、現在の地形と食い違っていることも少なくありません。そこで、物語の大枠が掴めるように、一、関係地図、二、関係系図、三、主な登場人物の三点をつけています。

書くに当たっては、横山住雄氏を始めとする多くの文献研究資料を参照させていただき、矛盾する記述にならないよう努めました。最近では「六角定禎文書」に依る、斎藤道三二代説が有力視されています。しかし、当時の美濃の時代背景やスパンに当てはめると、私の解釈もむしろ自然ではないかと考えています。

著者プロフィール

広瀬 典丈（ひろせ みちたけ）

1950年岐阜市生まれ
豊明市（桶狭間古戦場跡地）在住
染付・釉裏彩磁器制作（水無方藍窯主宰）
草月流いけばな制作・指導（うつぎ会主宰）
著書『彩色磁器釉裏の華』（1999年）『目眩めく生命の祭』（2002年）
（以上、エディット・パルク刊）

織田弾正忠家つやの物語

2020年9月15日　初版第1刷発行

著　者　広瀬 典丈
発行者　瓜谷 綱延
発行所　株式会社文芸社
〒160-0022　東京都新宿区新宿1－10－1
電話　03-5369-3060（代表）
03-5369-2299（販売）

印刷所　株式会社フクイン

ISBN978-4-286-21946-2